魔法の鍵の贈り物

1/12の冒険 4

マリアン・マローン
橋本恵 訳

ほるぷ出版

ミニチュアルームE-9、1700年代後半のイギリスの部屋(43.2×63.5×86.4 cm)

ミニチュアルームA-2、1710年ごろのニューハンプシャー州の部屋(21.6×57.8×41 cm)

シカゴ美術館蔵　

ミニチュアルームE-4、1690年ごろのイギリスの客間（42.5×67.3×54.9 cm）

ミニチュアルームA-37、1940年のカリフォルニアのマンションの部屋（35.2×42.2×50.2 cm）

魔法の鍵の贈り物

12分の1の冒険 4

マリアン・マローン 著
橋本恵 訳

目次

ステート通りの近所の子どもたちへ
イリノイ州アーバナ、1984-2003

THE SECRET OF THE KEY : A Sixty-Eight Rooms Adventure
by Marianne Malone

Published by arrangement with the author,
c/o Brandt & Hochman Literary Agents, Inc., New York, U.S.A.
through Tuttle-Mori Agency, Inc., Tokyo.

Japanese language edition published by HOLP SHUPPAN, Publishing, Tokyo.
Printed in Japan.

カバー、本文イラスト：佐竹 美保
日本語版装幀：城所 潤

1 リング日時計

ルーシー・スチュワートは心の中でくりかえしていた――アルバイトよ、アルバイト！

時刻《じこく》は、まだ十時半。太陽に照りつけられた歩道は早くも熱い。でも、ぜんぜん気にならない。

「あわてるなって」父親が声をかけた。ルーシーをミセス・ミネルバ・マクビティーの骨董店《こっとうてん》まで送っていくところだ。「おいおい、聞いているのか？」

答えはノーだ。ルーシーは、父親が追いつくのを待ってふりかえった。生まれて初めてのアルバイト！　この夏、ミセス・マクビティーから、ジャックといっしょに店の手伝いを頼《たの》まれたのだ。箱をあけたり、整理したり、ほこりをはらったりすることになっている。

毎年、夏休みが始まったばかりのころは、毎日自由に使える時間がたっぷりあってうれしいな、としか思わない。たいくつする？　まさか！

ところが、休みに入って数週間――。ジャックは中国語の教室やピアノのレッスンがあって

いそがしい。ルーシーの両親はそろって教師なので、学校の夏期講習でやはりいそがしい。姉のクレアは夏期海外研修が待っている。八月のサマーキャンプまでなにも予定がないのは、ルーシーだけ。たいくつという現実が、部屋の中を飛びまわるハエのように、だんだん気になりはじめていた時期だった。

もちろん、自由時間で本当にやりたいことは決まっている。それは、過去の世界へタイムトラベルできるシカゴ美術館のソーン・ミニチュアルームを探検すること。実物の十二分の一の大きさで、細かいところまで完ぺきに再現された、六十八部屋のソーン・ミニチュアルーム。ルーシーとジャックはそこへ自由に出入りできる魔法《まほう》の鍵《かぎ》を見つけ、これまで何度も探検をしてきたのだ。けれど毎日シカゴ美術館ですごしていたら、両親にあやしまれてしまう。

「つまりだね、今日は三十二度を超《こ》えそうだから、ミネルバがエアコンを切ったりしないよう、ジャックといっしょに注意してほしいんだ」と、父親はきつい口調でいった。

「うん、わかった、パパ」

ふたりが店に着いたときは閉店の札がかかっていたので、ルーシーは呼び鈴《りん》を押《お》した。ミセス・マクビティーはふたりを店内にまねき入れ、「おはよう」とあいさつした。「ジャックは、もう来てるよ。奥《おく》で始めてもらってる」

「はい。じゃあね、パパ」

ルーシーはこの骨董店《こっとうてん》が好きだった。店内は細長く、床《ゆか》から天井《てんじょう》までのびた書棚《しょだな》は古い革の本がぎっしりとつまってたわんでいる。あちこちに骨董品がちらばり、銀の箱や燭台《しょくだい》といった銀製品や小さな額入りの油絵も無数にある。しかもミセス・マクビティーはつねに品を入れかえているので、様子がころころ変わるのだ。店内は骨董品がいままでに――場合によっては一世紀以上もかけて――吸収してきたさまざまなにおいと、ほこりと、革のにおいがまざって独特の香《かお》りがする。ルーシーは、これはどこでどのように使われた物なのだろう、と感嘆《かんたん》しながら想像をめぐらすことがよくあった。

店の奥の物置部屋に向かった。一枚の天窓をのぞけば窓のない部屋で、何年もかけて遺品《いひん》の売り立てと競売で手に入れた品々がところせましとならんでいるが、親友のジャックの姿はどこにもない。

高く積みあげられた段ボール箱と木箱のあいだのせまい通路を奥に進むと、ようやく床であぐらをかいているジャックが見えた。黄ばんだ新聞紙を読んでいる。そのとなりには、ふたのあいた箱がひとつ。

「よお」ジャックは顔もあげずにあいさつした。

「いつ来たの？」

「三十分くらい前。へーえ、ウォーターゲートって、すごい話だったんだな」

「えっ？」

「だから、ウォーターゲート事件。ニクソン大統領を辞任に追いこんだ一大スキャンダルだよ」

と、ジャックはしわをのばした古い新聞紙を持ちあげた。「ほら。一九七四年の新聞！」

ルーシーは五センチ強の太字で書かれた大見出しを読んだ――〈ニクソン辞任〉。

「あと、一九八〇年のこれ」と、ジャックは別の新聞を持ちあげた――〈ビートルズのジョン・レノン殺害〉。

「なによ、古い新聞を読んでるの？」

「荷ほどきを頼《たの》まれた品の包み紙なんだ。マジでスゲー！　とっておこうっと」

ジャックは歴史が大好きなのだ。作業がおくれるわね、とルーシーは思った。

「新聞紙にくるまれていた中身はどうすればいいの？」

「あっ、そうだった」と、ジャックは顔をあげた。「そこの棚《たな》の上にルーシー用のクリップボードがある。ミセス・マクビティーが中身をすべて書きだしてくれって。くわしい指示はクリップボードに書いてあるよ」

「オッケー。かんたんそうね」

ルーシーはクリップボードをとり、最初の箱を選んだ。中には本がつまっていた。指示にしたがって、中身を書きだしていく。

ふたりとも午前中はずっと作業をし、ときどきミセス・マクビティーが進み具合を見にきた。昼にはミセス・マクビティーが地元の総菜店にサンドイッチを注文してくれ、店の表側の部屋で三人そろって食べた。

「作業に飽《あ》きてないかい？」と、ミセス・マクビティーがふたりにたずねた。

「家でひまをもてあましているよりいいです」ルーシーはピクルスを食べながら答え、

「おもしろいですよ……いろいろと読む物があるし」と、ジャックもつけくわえた。

昼食のあと作業にもどったルーシーは、ジャックより作業は進んでいるものの、骨董品《こっとうひん》がまだ大量に残っていることにあらためて驚《おどろ》いた。たいくつしないでいられるのは、ジャックが興味をそそる記事をかたっぱしから読みあげてくれるおかげだ。ジャックは過去にシカゴで起きた時事問題や政治、強盗《ごうとう》やほかの犯罪の記事を読みあげていた。

ルーシーは皿の包みをほどきながら、しわくちゃの新聞紙の写真に目をとめた。「うわあ、すごい」

ルーシーが手にしていたのは、フィールド自然史博物館で一九七七年に開催《かいさい》されたツタンカーメン財宝展の全面広告だった。王族用のみごとなかぶり物をつけた古代エジプトの若き王《ファラオ》ツタンカーメンが、黒く縁《ふち》どりをした目で、新聞紙からこっちを見つめている。

「スッゲー！　それもとっておこうっと」

ジャックがツタンカーメンの広告を見ているあいだに、ルーシーはその裏の記事の見出しを読んだ――〈少女失踪《しっそう》事件、迷宮入りに〉。ざっと読んだところだと、ベッキー・ブラウンという名の少女が、幼《おさな》い弟の子守りをしているさいちゅうに、こつぜんと消えてしまったらしい。

ミセス・マクビティーが物置部屋に入ってきて、がんじょうそうな箱を指さしながらルーシーに声をかけた。「次はこの箱をあけてくれるかい？　遺品《いひん》の売り立てで買った品でね、この中にほしい物があるんだよ」

ルーシーはツタンカーメン財宝展の広告をジャックにわたしてから答えた。

「はい、わかりました。なにをさがせばいいですか？」

「十八世紀の物ならなんでもいいよ。できればイギリスの物を。十八世紀後半の品に興味のあるお客さまがいるんでねえ」

ミセス・マクビティーはほとんどうまっていないジャックのクリップボードを横目でにらん

でから、店にもどっていった。

ルーシーがあけるように頼《たの》まれた箱には、おもに家庭用品がつまっていた。もろそうな磁器《じき》が数点、銀の皿が一枚、繊細《せんさい》な刺繍《ししゅう》のほどこされたハンカチが数枚と、小さい木箱がひとつ。上質な木でできた、一辺が約二十センチの正六面体だ。ルーシーは箱のふたをあけようとして、鍵《かぎ》がかかっていることに気づいた。

くしゃくしゃの新聞紙に包まれた品々をそっとよけながら箱の底をかきまわし、鍵をさがした。あっ、あった！　真鍮製《しんちゅうせい》の鍵だ。古いが、派手《はで》な模様《もよう》はない。持ちあげて、ちょうど天窓からさしこんできた夕陽にかざした。

「なに、それ？」と、ジャックがたずねた。

「たぶん、ただの鍵だと思うけど」

「えっ、鍵？」

十六世紀のミラノ公爵《こうしゃく》夫人クリスティナの魔法《まほう》の鍵を見つけて以来、ふたりとも鍵を見る目が変わった。とくに古い鍵は、特別な目で見てしまう。ひょっとして、この鍵もなにかの魔法の鍵？

ジャックが近づいてきて、しげしげと鍵をながめた。

「なんの鍵《かぎ》かな？」

「たぶん、これじゃない？」ルーシーがとりだしたばかりの木箱を指さし、鍵穴に鍵をさしこむと、ぴったりとはまった。鍵をまわしたら金属と木の音がし、錠前《じょうまえ》がはずれた。ルーシーはジャックに向かってにやりとしてから、ふたをあけた。

中にはすりきれた深紅のビロードがしいてあり、大小の二重の輪と、その中央に棒《ぼう》を通した金属製の物体が置いてあった。黄色い輝《かがや》いてはいないので、金ではなく、鍵と同じく真鍮《しんちゅう》製《せい》らしい。二重の輪のそれぞれに「ロンドン51」「パリ48」「ローマ41」という文字が彫《ほ》ってある。

ルーシーはそれを持ちあげた。

「なにかなあ？」と、ジャック。

「さあ。でも、きれいよね。クリスマスツリーの飾《かざ》りみたい」

「ミセス・マクビティーなら知ってるかもよ」

店の表の部屋に持っていくと、つくえに座《すわ》って仕事をしていたミセス・マクビティーが顔をあげ、老眼鏡の縁《ふち》ごしにふたりを見た。

「おや。普遍《ふへん》的リング日時計だねえ」

「えっ？」と、ルーシー。

「十八世紀のリング日時計。時間を読むために使われた時計だね。あと数点、あるはずだよ」

「どうやって使うんですか？」ジャックがたずねた。

「基本的にはふつうの日時計と同じだよ。携帯式《けいたいしき》だけど」

「よく庭で見かける、日差しの影《かげ》で時間がわかるタイプと同じってことですか？」と、ルーシー。

「そうそう。まずは日付をあわせて……」ミセス・マクビティーは日時計を持ち、中央の棒にとりつけられたスライダーをすべらせた。「この棒に刻《きざ》まれた目盛りで、月と日を合わせることができるんだよ」と、今日の日付にあわせた。「次に、緯度《いど》をあわせるんだ」

「なるほど」と、ジャック。

「どれどれ……シカゴは、おおよそ北緯《ほくい》四十一度。小さい輪には時刻《じこく》の目盛りが刻まれているんだよ」

ミセス・マクビティーは店の正面の窓へ移動して、外側の輪のてっぺんについた糸を持って日時計をつるし、陽光をとおした。

一筋の陽光がスライダーの小さな穴を通過し、輪に刻まれた時刻線へとのびていく。

「三時半だね」と、ミセス・マクビティー。

ジャックが腕時計《うでどけい》で時刻をたしかめた。「あっ、ほんとだ！」

「こういった日時計は、水夫や旅行者たちが使ったんだよ。持ちはこびできて、じつに便利だねえ」

ルーシーは興味をそそられた。こんなに単純なのに、時刻《じこく》がはっきりわかるなんて！

「アナログ版のＧＰＳみたい。電池いらずのＧＰＳ」

ミセス・マクビティーから日時計をわたされた。ずしりと重い。

「ルーシー、あげようか？」

「えっ、貴重品じゃないんですか」

「それほどでもないよ。今週のアルバイト代の一部ということで、どうだい」

「はい、ぜひ！」

その晩、ルーシーはベッドで横になりながら、店の窓の前につるしたときのきらきらしたリング日時計のことを思いだし、はるか昔にそれを持っていた人々のことを想像してみた。ぎしぎしときしむ木製の船で大海原をわたる、危険な探検の旅に出た船乗りとか？　ソーン・ミニチュアルームからタイムトラベルして出会った人たちも使っていた？　たとえば、ジャックの先祖の海賊《かいぞく》ジャック・ノーフリートは？　あるいは、フランス革命の直前に出会ったソフィー・

ラコンブは？　外交官の夫とともに海外を転々とするとき、携帯式《けいたいしき》の日時計を必要とした？

ソーン・ミニチュアルームを通して出会ったさまざまな人たちの人生には、ルーシーがあこがれる冒険《ぼうけん》がつまっている。

ルーシーは思った——魔法《まほう》の鍵《かぎ》があるかぎり、あたしだって冒険できる！

2
砂時計

木曜日の朝、ルーシーとジャックは、シカゴ美術館の地下にある11番ギャラリーにいた。ミセス・マクビティーが用事で店をしめるため、アルバイトは休みだったのだ。夜はジャックの母親にさそわれて、エドマンド・ベルとその娘《むすめ》で医者のキャロラインといっしょにジャック宅で夕食をとることになっている。それまではジャックといっしょに、丸一日、冒険《ぼうけん》だ！

ルーシーはE9の美しい応接間の前で立ちどまった。

「ねえねえジャック、これは一七三〇年ころのイギリスに実際にあった部屋をそっくりそのまま再現したんだって」

「へーえ、そうなんだ。豪華《ごうか》だな」ジャックは、すでに次の部屋へ移動していた。

「あっ、見て！」ルーシーはギャラリーの窓からミニチュアルームの中のなにかを指さした。

「ん？」と、ジャックがもどってくる。

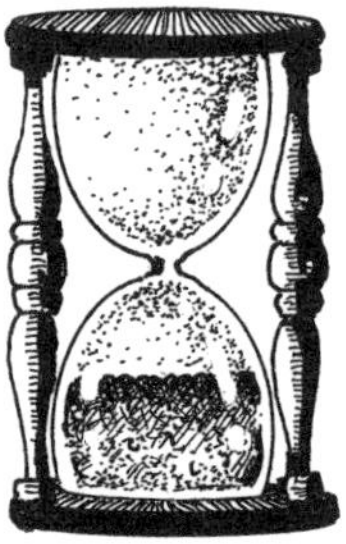

「奥《おく》のテーブルに砂時計があるでしょ？」というルーシーの問いに、ジャックがうなずく。「あれは、この部屋の物じゃない。カタログにはないわ」

ルーシーは、シカゴ美術館のカタログに掲載《けいさい》された全六十八部屋のミニチュアルームの写真をすべて暗記していた。

「よし、じゃあ行ってみるか」

ふたりはギャラリーの壁《かべ》のくぼみにあるドアへと向かった。このドアからは、ミニチュアルームの裏側にある保守点検用の廊下《ろうか》に入れる。

「準備はいいか？」ジャックがひそひそ声でたずねる。

ルーシーはギャラリーの中をざっと見まわした。こっちを見ている者はいない。「うん」

ジャックが公爵《こうしゃく》夫人クリスティナの魔法《まほう》の鍵《かぎ》をはさんでルーシーと手をつなぐ。魔法の鍵の熱がルーシーの指先までつたわり、ちくちくする感覚が全身をかけぬけた。別世界のようなそよ風にふたりとも包まれ、周囲の景色がどんどん、どんどん、大きくなっていく――。ルーシーは体がちぢんでいくのがわかった。同時に服も体にあわせ、一秒ごとにちぢんでいく。

ルーシーとジャックは約十三センチのミニサイズになった。目の前にあるドアの下のすきまは、いまはすねの高さまである。つないでいた手をはなし、すきまからヨーロッパコーナーの裏の暗い廊下《ろうか》へもぐりこんだ。

「こうやってもぐるのって、何回目かな？」ジャックが立ちあがりながらいった。

「さあ。数十回はやってるんじゃない」

「ほんと、スゲーよな」

ジャックお手製のようじのはしごで、ミニチュアルームの裏側をつなぐ下枠《したわく》までのぼった。

ミニチュアルームは木製の枠の中に作られている。その枠のすきまから中にすべりこみ、Ｅ９の背の高い両びらきのドアまでたどりついた。ドアがあいていたおかげで、Ｅ９に入るのは問題ない。まずは偵察《ていさつ》だ。美術館はあまり混んでいないので、観客の目を気にすることなく、すんなり入れた。

部屋の中は魔法《まほう》が効いていた。二カ所の背の高い窓からさしこむ光は、電球の光ではなく、本物の陽光だ。電球の光と陽光のちがいは言葉では説明しにくいが、ぬくもりがちがうことをルーシーは実感していた。外からは鳥のさえずりが聞こえるし、部屋の中は革と書物の古びたにおいがする。

「〈部屋に命をふきこむアイテム〉は、なにかしら」

ルーシーがいうアイテムとは、ミニチュアルームを過去へのタイムトラベルの出入り口に変える骨董品《こっとうひん》のことだ。「どれでもおかしくないよな。彫像《ちょうぞう》とか、本とか、ろうそくのどれかとか」と、ジャックが炉《ろ》の上の棚《たな》にあるろうそくのほうへあごをしゃくった。

壁《かべ》はクリーム色。高い丸天井《てんじょう》には、全面に八角形の模様《もよう》が彫刻《ちょうこく》されている。壁には、色とりどりの書物の背表紙がならぶ書棚《しょだな》がひとつ。各椅子《いす》には金色か青色のシルクのカバーがかかっていて、暖炉《だんろ》の上には風景画が一枚。あとは壺《つぼ》や花瓶《かびん》、こまごまとした彫像が飾《かざ》ってあり、天井からは立派なクリスタルガラス製のシャンデリアが垂れさがっている。

「さっきいってた砂時計はこれよ」と、ルーシーは丸テーブルに近づいた。砂が細い管を通って上から下へと落ちていくタイプの砂時計で、上下に木の板がついている。「なんか……この部屋には似あわないわね」

「似あわないって？」

「素朴《そぼく》すぎるかなって。他の品はどれも凝《こ》ってるでしょ」

展示室の11番ギャラリーから複数の声が聞こえたので、ジャックはカーテンの裏に、ルーシーはソファーの裏にかくれて、耳をすました。ミニチュアサイズで部屋に入りこんでいるところを目撃《もくげき》されたら、大さわぎになる。

観客が通りすぎてから近づいてきたジャックに、ルーシーはいった。

「この砂時計は魔法《まほう》でちぢんだ物じゃなくて、ミニチュアとして作られたんじゃないかしら」

ミニチュアルームにはソーン夫人や職人が作ったのではなく、魔法でちぢんだ品々がけっこうあることをつきとめていたのだが、この砂時計はそれとはちがう気がした。

「というと？」

「砂時計の砂粒《すなつぶ》が大きすぎる。これじゃ豆よ」

「うーん。なるほど、それもそうだ」

ルーシーはミセス・マクビティーに教わったように、底にサインかマークがないかと砂時計をひっくりかえした。豆粒《まめつぶ》サイズの砂が中央の細い管を通過するさまは、なめらかとはいいがたい。ルーシーは、にじんで消えかけたインクに目をこらした。

「〈ニューハンプシャー／E．K．〉。E．K．というのは、たぶんソーン夫人がやとった職人さんのユージーン・クジャックさんのイニシャルじゃないかしら。アメリカのニューハンプシャー州の部屋でも砂時計を見たおぼえがあるし。あれは、ええっと……たしかA２よ」

「美術館のスタッフがまちがえて置いたとか？」

「スタッフとはかぎらないわよ。あたしたち以外にもミニチュアルームに入りこんだ人はいるんだし」

「じゃあ、あとでニューハンプシャー州の部屋にもどしに行こうぜ。探検したあとに」と、ジャックが外に出られるドアのほうへ頭をかたむける。

ルーシーは砂時計をななめがけバッグの中にそうっと入れ、「これ、持ってきたの」とリング日時計をとりだした。「過去の世界でも使えるかどうか、見てみたくて」

「うん、いいね」

ジャックはかたいノブをまわしてドアをあけ、二十一世紀のシカゴをあとにした。ルーシーもあとにつづき、ふたりとも十八世紀のイギリスへと出て、石のテラスに立った。

ドアを通りぬけた瞬間《しゅんかん》、熱がぽんとはじけ、手がかすかに震《ふる》えるのを感じた。リング日時計のせいだ。日時計の表面の傷や曇《くも》りがみるみるうちに溶《と》けて消え、真鍮《しんちゅう》が陽光を受けて宝石のように金色に輝《かがや》く。

「ねえねえ、いまの、見た？」

「スッゲー！」

「つじつまは合うんじゃない？　この日時計が作られた時代にいるから、新品になったのよ」

骨董品《こっとうひん》を過去の世界に持ちこんだのは初めてだった。ルーシーはリング日時計をななめがけバッグの中にもどした。

テラスを進むと、晴れた日のあたたかい日差しを感じた。空気は新鮮《しんせん》でみずみずしく、庭に生えている野バラの香《かお》りがする。バスの排《はい》ガスとミシガン湖から吹《ふ》いてくる風のにおいがするシカゴとは、ぜんぜんちがう。ミニチュアルームを出てすぐの場所には魔法《まほう》が効いていて、過去の人間からこっちのテラスが見えないことは、これまでの体験からわかっていた。テラスにいるかぎり、通りがかりの人々に目撃《もくげき》される心配はない。

「服装がちがうのが残念よね」

「ま、ぐるっと見るだけだから。だれともしゃべらなくていいし」といいつつ、ジャックは腕《うで》時計《どけい》をはずし、「さすがに腕時計は説明がつかないよな」と、ポケットに入れた。「で、どこに行く？」

タイムトラベルの出入り口にあたるここは、小さな村のはずれのようだ。

「あそこはどう？」と、ルーシーは村の中心から離《はな》れた左のほうを指さした。

わらぶき屋根と石造りの家々がならぶ曲がりくねった道は、静かな田舎町へとのびていた。農村のようだが、ルーシーとジャックが見慣れたトウモロコシや大豆の列が続くシカゴ郊外《こうがい》の農地とはちがう。羊や牛が草を食む牧草地と耕作地とが生け垣《がき》でへだてられていて、ところどころに森があり、一帯をふぞろいの小さな区画にわけていた。

そう長く歩かないうちに教会があらわれた。とがった塔《とう》が、空を刺《さ》す勢いですっとのびている。近づいたら、となりに石壁《いしかべ》でかこまれた小さな墓地があるのがわかった。墓地には、三十ほどの飾《かざ》り気のない墓石がならんでいる。

「うわっ、スッゲー古い！」と、ジャック。

墓石の多くは風化して欠けていたが、十六世紀や十七世紀の日付が彫《ほ》られた物がある。

「なあ、ここ、イギリスのどこだ？」

「カタログによると、ソーン夫人はバッキンガムシャーの実在の家を参考にE9の部屋を作ったんだって」

交差点にさしかかると、右側のはるか奥《おく》にある丘《おか》の上の草地に、城という言葉がぴったりの建物がぽつんと立っていた。石作りの大きな建物で、中央に小塔《しょうとう》がひとつ、壁《かべ》のてっぺんに銃《じゅう》眼《がん》がある。

木立のすきまからのぞいたところ、正面は下り坂で、つきあたりに澄《す》んだ青い池があった。

「あれって、お城かな？」と、ジャック。

「そうに決まってるじゃない！」

3 フレディ

城に向かって進みだしたら、背後で轟音《ごうおん》がとどろいた。ぐんぐん、ぐんぐん、せまってくる！
ふりかえると、一台の馬車が目に飛びこんできた。ひづめが砂利道にぶつかる音と木製の馬車のきしむ音が、のどかな田舎にひびきわたった。馬車は角を曲がり、猛《もう》スピードでつっこんでくる！
ジャックがルーシーの袖《そで》をつかんで引っぱり、ふたりそろって木陰《こかげ》に飛びこんだ。と同時に、馬車が勢いよく通りすぎた。馬車の御者《ぎょしゃ》台には、少年がひとりきりだ。「どうどう！」と、死にものぐるいで手綱《たづな》を引いて叫《さけ》んでいる。
ルーシーとジャックは道に飛びだし、けんめいに走ったが、追いつけない。あきらめかけたそのとき、車輪がわだちにはまり、馬車が大きくかたむいた。御者台の少年が宙に放りだされ、水の入ったバケツと四匹《ひき》の魚も宙を飛び、少年も魚も芝生《しばふ》に落ちた。魚はしきりにはねていたが、少年はルーシーとジャックがかけよってもぴくりともしない。

御者を失った馬はスピードを落とし、後ろ足で立ってから、なにごともなかったかのようにのんびりと道をはずれた。

ルーシーは少年をよく見ようとひざまずいた。自分たちよりも小がらで、たぶん、ひとつかふたつ年下だ。息はしているが、目はとじたままで、身じろぎもしない。

「馬をどこかにつないでおくよ」ジャックは馬をつかまえに走った。

少年が頭を少し動かしてうめく。ルーシーは心底ほっとした。首の骨は折れていないらしい。巻き毛はぐしゃぐしゃ、白い麻《あさ》のシャツはやぶれて草まみれだ。

「馬はあそこの木につないできた」と、ジャックがもどってきた。「その子は、どう?」

「少し動いたわ」

「だれか呼んできたほうがいいかな?」と、ジャックがあたりを見まわした。

「気がつきそうよ」ルーシーは、少年のまぶたがふるえているのに気づいた。

「ううっ……ここはどこ?」少年は頭をさすりながらうめいた。「ええっと、きみたち、だれ? まさか、天使じゃないよね?」

ジャックはくすくすと笑った。「おれたちが天使に見える?」

少年は寝《ね》そべったまま、ふたりをじろじろと見た。「このあたりの人じゃないよね」

「うん、ちがうよ。植民地から来たんだ」

少年の目が見ひらかれ、焦点《しょうてん》がはっきりした。

「具合はどう？　オッケー？」ルーシーがたずねた。

「えっ、なに？」と、少年。

あっ、しまった！　過去の人たちに「オッケー」という単語が通じないことは、いままでのタイムトラベルでさんざん思い知らされていたのに！

「具合は？　だいじょうぶ？」

「ええっと、なにが起きたのかな」

「馬車から放りだされたんだよ」ジャックが説明した。

「えっ？　あっ、そうだ、思いだした。なにかが道を横切って、馬が驚《おどろ》いて、いうことをきかなくなったんだ。ぼくのこと、つげ口したりしないよね、ね？」

「馬車を運転するなんて、早すぎるんじゃないの？」と、ジャック。

「ふん、なんだよ！　ほっといてくれ！」

「つげ口なんてしないわ。でも、けがしてないかどうかたしかめないと。手足は動かせる？」

と、ルーシー。

少年は両脚《りょうあし》を動かし、足先で円をえがいた。「うん、足はだいじょうぶ」右腕《みぎうで》もだいじょうぶだったが、左腕を動かそうとしてひるんだ。

「だれか呼んでくるわね」

「だめ！」少年は首をふり、体を起こそうともがいた。「なんとかなるから」

「このあたりに住んでるの？」

というジャックの問いに、少年は無事な右腕を丘《おか》の上の城のほうへふった。「お屋敷《やしき》で働いてるんだ」

「働いてる？」

「うん、馬小屋で。流し場を手伝うこともあるよ」ふいに少年があたりを見まわした。「あっ、魚！」

ジャックがあわてて四匹《ひき》の魚をつかみ、バケツにつっこんだ。「ここだよ、ここ。水がほとんどないけど」

「いいよ。すぐに運ぶから」

少年は立ちあがろうとし、よろめいたが、ふんばった。

「医者に診《み》てもらったほうがいいよ」と、ジャック。

少年は異星人でも見るような目でジャックをながめた。

「医者が診ても診なくても、治るものは治るさ」

「まあ、それはそうだけど」と、ジャックがいい、

「送ってあげるわ」と、ルーシーは話題を変えた。「あたしはルーシー。こっちはジャック」

「おれはフレディ。はじめまして」

フレディがかたくるしいおじぎをしてふらついたので、ジャックは腕《うで》をとって馬車のほうへ連れていった。

「おれが馬を引くから、きみは乗って」

と、ジャックがフレディにいい、ルーシーは魚が入ったバケツを荷台に持ちあげた。

「きみも乗れば？」と、フレディがルーシーに声をかける。

「うん、オッケ……じゃなくて、わかったわ」

ルーシーも馬車に乗った。生まれて初めての馬車で、おとぎ話に入りこんだ気分だ。

ジャックは馬をゆっくりと引っぱったが、木の椅子《いす》はかたく、馬車がゆれるたびにフレディはひるんだ。

「植民地って、荒《あ》れてるらしいね」馬車がゆれていないときに、フレディがいった。

「そこまでじゃないけど。あなた、学校には通ってる？」

「はぁ、学校？」フレディはまたしても異星人でも見るような目でルーシーをながめた。「そんなもの、このあたりにはないよ。馬小屋の仕事をさぼるなんてありえない。きみは？　通ってるの？」

ルーシーはうなずいた。

「へーえ、学校が好きなの？」

「ええ。でも夏はお休みなの。あたしたち、本屋で仕事をしてるのよ」

「本かよ！」フレディが首をふると、巻き毛がバネのようにはねた。「あんなもの、なんの役にも立たないのに。お屋敷《やしき》のお嬢《じょう》さまがたは、いつも夢中で読んでるけど」

「あなた、いまの仕事は好き？」

「とくに不満はないよ。自分の寝床《ねどこ》があるし、馬番は良くしてくれるし」馬車が大きくゆれる。フレディはかなりつらそうだ。「このざまじゃ、しばらく釣《つ》りはむりだな」

「さっき、馬車を運転するのは早すぎるんじゃないかっていったとき、不安そうな顔をしてたけど……」

「じつは、だまって釣《つ》りに行ったんだ。秘密の釣り場があってさ。朝が早かったから、馬車を使う人はいなかったし」フレディは太陽を見あげた。「思ったより時間がたってる。湖にいると、つい時間がたつのをわすれちゃって。でも、たくさん魚を釣ったから、きっと喜んでもらえるぞ」

「これは？」ルーシーは、フレディとならんで座《すわ》った座席の下のかごを指さした。

「ああ、それ？　ただの木工細工だよ」

かごの中身をのぞいたら、作っているとちゅうの木工細工が五、六個と、とがったナイフが一本入っていた。

フレディが肩《かた》をすくめる。ルーシーはイエスという意味だと思い、完成品に近い品をひとつ手にとった。「見てもいい？」

器用に彫《ほ》られた魚だ。

かごには、ウサギと鳥も一体ずつあった。ヒキガエルもある。

「全部、あなたが作ったの？」

「うん、まあね。魚釣《さかなつ》りの合間にひまつぶしで」

「すごいじゃない！」

約十五センチの木工細工の魚は、うろことえらだけでなく、はねているときの尾《お》びれまで見事に表現してある。ルーシーは持ちあげて、「ほら！」とジャックに見せた。

ジャックは馬をとめ、手綱《たづな》をゆるめながら荷台のほうへ来た。

「見て、全部フレディが彫ったの！」ルーシーは、かごをかたむけてジャックに見せた。

ジャックは、かごからヒキガエルの木工細工をとりだした。でこぼこしていて、飛びだした目がいまにもまばたきをしそうだ。「へーえ、上手だなあ！」

フレディはそわそわと空を見あげた。「悪いけど急いでくれないかな。まずいことになりそうなんで」

ジャックは馬のほうへもどり、手綱を軽く引っぱってまた歩かせた。

「馬番に事情を話して、腕《うで》をけがしたからおくれたんだっていうわけにはいかないの？」

フレディは首をふった。「遅刻《ちこく》は遅刻だよ」

そっけない返事に、ルーシーはフレディがひどい罰《ばつ》をうけるのかと心配になった。

最後の曲がり角の手前で、フレディがジャックに「とめて！」と声をかけ、馬車が完全にとまらないうちに、片手で体をささえながらおりた。

「ここからは、おれが引くよ」

「なあ、だいじょうぶなのか？」

ルーシーが馬車から飛びおりるあいだに、ジャックはしぶしぶ手綱をわたした。

「裏をまわって馬小屋に行くよ。運がよければ、だれもいないだろうし」

フレディは腫《は》れあがった左腕《ひだりうで》を脇《わき》に垂らしながら、馬小屋へと馬を引いていった。すぐに、しかりつけるしわがれ声がした。

「フレディ！　今度はなにをしでかした？」太った筋肉質の男が、フレディのほうへ大またに近づいた。髪《かみ》はうすい赤茶色、目は青、歯は茶色くよごれ、歯ならびが悪い。この人が馬番なのだろう。「もう昼だってのに、まだ馬小屋のそうじもしてねえ。これで何度目だ！」

フレディは肩《かた》をすくめ、うつむいた。

「おい、なにをした？　シャツがやぶれてる！　腕《うで》もけがして。はっ、なんてこった！」

男はフレディをなぐるつもりらしく手をあげたが、馬の陰《かげ》にかくれていたルーシーとジャックに気づいて手をとめた。

「ん？　だれだ？」

「おれはジャック・タッカー。こっちはルーシー・スチュワートです」

男は、ふたりを責めるようにじろじろと見た。

「フレディは、さっき馬に放りだされたんです。たぶん腕を骨折してます」と、ルーシー。

「じゃあ、添《そ》え木をするか。まったく、馬車を勝手に持ちだしたりするから、そんな目にあうんだ」

ジャックが荷台からバケツをつかんだ。「フレディは、これをとってたんです」

男はバケツをのぞきこんで、一瞬《いっしゅん》、満足げな表情をうかべると、ぞんざいにバケツをとりあげた。「ふたりとも見ない顔だな」

「よそから来たんです」と、ルーシーが答え、

「植民地からだそうです」と、フレディがつけくわえた。

「馬小屋のガキが口出しするな！」と、男はフレディの耳をつかみ、馬小屋のほうへつきとばす。

「いたっ！」フレディは大声をあげ、ころがるように走りだした。

ルーシーは男に近づいて、きっぱりといった。「腕を骨折してるんですよ」

「うるせえ！　ガキの面倒《めんどう》はおれが見る」

男は手綱《たづな》をにぎり、冷めた目でふたりをにらみつけると、馬を引いて立ちさった。

「かわいそうに」フレディが馬小屋に消え、すぐあとに馬番がつづくのを見て、ジャックがいった。

「やっかいなことにならないといいけど」

「慣れっこって感じだったよな」

「あっ、いいこと思いついた」ルーシはななめがけバッグをあけ、リング日時計をとりだした。
「これを使えば、フレディも時間がわかる。来て！」
ルーシーは馬小屋に行き、そうっと窓に近づいてのぞきこんだ。フレディは腕《うで》をかばってい
た。馬番は馬小屋のそうじをいいつけ、すぐにどこかへ出ていった。
ルーシーとジャックは馬小屋に忍《しの》びこんだ。フレディは馬房《ばぼう》のひとつから出てきて、ふたり
に気づくと、あわててきょろきょろした。
「だいじょうぶよ、馬番はいないから。はい、あなたに、いい物あげる」と、ルーシーはリン
グ日時計を持ちあげた。
フレディはまゆをつりあげた。「なに、それ？」
「リング日時計っていうんだ。時刻《じこく》がわかるんだよ。もう遅刻《ちこく》しなくなる」と、ジャック。
「ほんとに？」
「こっちに来て」ルーシーは日差しの強い入り口で日時計の使い方を手早く教え、本人が何度
かやってみるのを見まもった。陽光の点が正確な時間をしめすたびに、フレディはうれしそう
な顔をした。
「でも、ただでもらうわけにはいかないよ」フレディは顔から笑みを消し、真鍮製《しんちゅうせい》の日時計

をルーシーに返した。

「いいわよ、あげる」

それでもフレディは、口を引きむすんで首をふった。

「おれたちは使わないから」と、ジャックがなおもすすめる。

「じゃあ、交換《こうかん》しない？」と、ルーシーが提案した。「それをあげるから、あなたの木工細工をひとつちょうだい」

「これと木工細工じゃ、つりあわない気がするんだけど」

「かまわないわよ、あたしは」

フレディは日時計を見つめ、「うん、わかった、いいよ」と馬小屋の外に出て角を曲がり、木工細工の入ったかごを持ってきた。「好きなのを選んで」

Ｅ９にもどったらどうなるかわかっていたので、ルーシーはほろ苦い思いをかみしめながら、いまにも飛びはねそうなヒキガエルをつかんだ。できればずっと手元に置いておきたいが、二十一世紀にもどった瞬間《しゅんかん》に消えてしまうのだ。

ルーシーとジャックはフレディに別れのあいさつをして、来た道を引きかえした。

「リング日時計をプレゼントしたのは、いい思いつきだったな」

ジャックはE9のドアに近づきながらいった。

「一七〇〇年代の人があたしのプレゼントを持ってるなんて、わくわくするじゃない！」E9に足を踏《ふ》みいれた瞬間《しゅんかん》、この時代の品は消えてしまうので、ルーシーは最後にもう一度、ヒキガエルを持ちあげてながめた。「あーあ、とっておけたらいいのに」

ところがE9に入る直前、ジャックに腕《うで》をつかまれた。

「あっ、ちょっと待った！　いいこと思いついた！」

「えっ？」

「たったいま、ひらめいたんだ。たぶんうまくいかないけど、やってみても損《そん》はない。ここで待ってて」

ルーシーが見まもるなか、ジャックはE9へとかけこみ、きょろきょろしたあと、部屋を右につっきって見えなくなった。

すると、奇妙《きみょう》な現象が起こった。E9がすーっと消えはじめたのだ。遠くでジャックがなにかを持ってもどってくる姿がぼやけていく――。

「ジャック！」

ルーシーは叫《さけ》び、E9のドアへと手をのばした。ところがドアは手からすりぬけ、どんどん小さく遠くなり、とうとう点となって消えた。周囲のテラスと庭もすっと消え、かわりに数本の木々とバラのしげみがあらわれる。その向こうは長い坂だ。

気がつけばルーシーは、木工細工のヒキガエルをにぎりしめ、道ばたにぽつんと立っていた。

4

ニューハンプシャー州じゃない！

頭が真っ白になり、時間の感覚もないまま、ひたすらつっ立っていた。

さまざまな考えが頭のなかをかけめぐった。Ｅ９に命をふきこむアイテムに、たぶんジャックがなにかしたのだ。きっとジャックがすぐに解決してくれる。さっきと同じ場所に、ドアがまたあらわれる――。

ドアの枠《わく》だけでも見えないかと、目をこらしつづけた。

チリンチリンという魔法《まほう》の音が、聞こえたような――。

ちがう。小鳥たちのかんだかい声が、耳慣れない変わった音に聞こえただけだ。

恐怖《きょうふ》にのまれないよう、ゆっくりと深呼吸した。

ひょっとして、気づかないうちに歴史を変えてしまった？　とんでもない事態をまねいてしまったとしたら？　あれ？　ドアが見えてきた？　ううん、涙《なみだ》で目の前がゆがんでいるだけ。

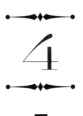

うそでしょ、ジャック！　迎《むか》えに来て！

曲がり角から、馬のひづめの音が聞こえてきた。どうしよう？　あわてて目の前のバラのしげみに飛びこんだ。馬に乗ってのんびりと走る旅人の姿が見えた。

もう、さっさと行ってよ！　さっきの場所に早くもどりたいんだから！　もしいま、ジャックがドアからこっちをのぞいて、あたしが見えなかったらどうするのよ！

ようやく旅人が通りすぎた。ルーシーは急いでさっきの場所にもどった。

永遠にこのままかと絶望しかけたそのとき、チリンチリンという音が聞こえた。近くの教会の鐘《かね》かと思ったが、ちがう。

魔法の音だ！　きらめきながら鳴ってる！　ミニチュアルームがよみがえった！

数秒後、チリンチリンという音とともに、半狂乱《はんきょうらん》で叫《さけ》ぶジャックの遠い声がかすかに聞こえてきた。「おーい、ルーシー！　どこだ？　どこだよ？」

テラスがゆっくりともどってきた。景色がまたたき、レンガの壁《かべ》がぼんやりとうかびあがり、ホログラムが固まっていくみたいに本物の壁へと変わっていく――。ドアが衝突《しょうとつ》しかねない勢いでせまってきた。ドア口には、ルーシーに負けないくらいパニック状態のジャックが立っている。

「ああっ、ルーシー！」ドアがまだしっかりと固まらないうちにジャックが叫《さけ》び、テラスへ飛びだした。

「もう、なにがあったのよ？」ルーシーは全身から力が抜け、そういうのがやっとだった。

「ごめん！〈部屋に命をふきこむアイテム〉がどれか、まだわかっていなかったのに、うっかり炉棚《ろだな》の壺《つぼ》を持ちあげたんだ。外に持ちだそうと思って。それが例のアイテムだったんだ」

「なんで持ちあげたりしたのよ？」ルーシーはまだ神経が高ぶっていた。

「Ｅ９の骨董品《こっとうひん》に木工細工のヒキガエルを入れたらどうなるかなと思って。本物の骨董品は時代を行き来できるだろ。リング日時計とかさ。なら、本物の骨董品には、別の品に時代を行き来させる力もあるんじゃないかと思ったんだ。骨董品の壺に木工細工のヒキガエルを入れたら、タイムトラベルできるかもしれないって。そうしたら、ヒキガエルを手元に置いておけるだろ」

「そんなこと、よく思いついたわね」ルーシーは、自分の体が消えていないのをたしかめるように両腕《りょううで》をさすった。

「でも、壺を運んでいるとちゅうで、やっちまったって気づいたんだ。Ｅ９に観客が近づいてきたから、いったん廊下《ろうか》に出なきゃならなくて……。ほんとにごめん」

「もっと早くもどってきてくれればよかったのに！」

「客が立ちどまったんで、待つしかなかったんだ」

「もう、例のアイテムがどれかわからないうちは、部屋の中の物はなにもいじらないで。いい？」

「うん、わかった」

ルーシーはようやく動悸《どうき》がおさまり、ヒキガエルをながめた。

「これを手元に置いておけたら、すごいわね」

ふたりとも無言でじっくりと考えた。

「ねえ、ジャックの案、うまくいくかもよ。これを入れられる、別の骨董品がないかしら。壺とか箱とか。さがして持ってきてよ」

ジャックはE9にもどった。

ふたつの世界のつながりは、いともかんたんに切れてしまう。ジャックが二十一世紀にいるあいだ、十八世紀にひとり残されて、もしまたなにかあったら――。ルーシーはぞっとし、木工細工のヒキガエルを下に置いて、自分もE9に入った。

ジャックは、すぐにそれらしい壺を見つけた。二脚《きゃく》ある小づくえの上に置かれた、一対の白い壺だ。黒檀《こくたん》のふたがついている。

「これ、年代物っぽいよな」

ジャックが片方の壺《つぼ》を持ち、ふたりそろってテラスに出た。と、細かいひびが入っていまにも割れそうだった壺は、みるみるうちにひびが消え、表面につやがもどり、象牙色《ぞうげいろ》の真新しい壺へと変化した。

ルーシーがその中に木工細工のヒキガエルを入れ、ジャックがふたをしめる。

ふたりそろってE9にもどった。すると壺はたちまち、ひびわれた元の骨董品《こっとうひん》に変わった。

ジャックがふたをあけ、中の暗闇《くらやみ》をのぞきこむ。「あっ、まだある！」

ルーシーは息をのんだ。「えっ、ホント！」

壺のおかげで、木工細工のヒキガエルは、ほぼ三世紀のタイムトラベルができたのだ！

「なあ、これって、どういうこと？」

「過去の物を現代に持ちかえれるってことじゃない？」

「ここに来るたびに、魔法《まほう》の新たな力が見つかるな」

「そうね。でも過去の物を現代に持ちこんだりしていいのかしら。そんなこと、しちゃいけない気がするんだけど」

「なんか、ズルしてる気分だよな」

「うん、そう」

「でもさ、ヒキガエルは、フレディからもらったんだ。ぬすんだわけじゃない。もしかして、今回だけ特別？　壺から出したらなにか起きるとか？」

ジャックが壺を逆さにすると、木工細工のヒキガエルがルーシーの手のひらに転がりでた。ヒキガエルは年月をへて黒ずみ、ひびわれていた。

ところが、壺から出てきたのはそれだけではなかった。ヒキガエルといっしょに、黄ばんだ便せんが一枚、ひらひらと床《ゆか》に落ちたのだ。達者な文字が書いてある。

ジャックがひろって読みあげた。

一九三九年二月二十日　　心あたりのある方へ
わたくしは、この手紙をやむなくしたためています。わたくしの鍵《かぎ》をあなたが持っていると信じるのには、わけがあります。工房《こうぼう》で働いているから持ちだしてもかまわないと思ったのかもしれませんが、鍵はわたくしが買いもとめたもの。わたくしには、かけがえのない宝物なのです。
あなたのしたことは、ゆゆしき事態。あえていうなら、危険な行為《こうい》です。鍵は鏡の箱という、本来あるべき場所の中にもどさなければならないのです。鏡の箱をさがそうとしてもむだですよ。わたくしがサンタバーバラに持ってきて、金庫にしまいましたから。わたくしがシカゴにもどったときに、どうかこの問題が解決していますように。

カリフォルニア州サンタバーバラ市内モンジョワにて
不安にさいなまれているナルシッサ・ソーンより

ルーシーはすぐには手紙の内容を理解できず、「ウソでしょ」というのがやっとだった。

「おい、鍵《かぎ》のようすは？　なにか起きてる？」

とジャックにうながされ、あわててバッグの中をのぞいたら、鍵は光っていた。

ルーシーは鍵をとりだし、ジャックに見せ、ふーっと息を吐《は》きだした。「どうする？」

ミニチュアルームをいくつかのぞき、秘密の世界で冒険《ぼうけん》さえできればそれで良かったのに、まさかこんな事態になるなんて――。

手紙は「心あたりのある方へ」となっているが、ルーシーは自分たちにあてて書かれた気がしてならなかった。いま、魔法《まほう》の鍵を持っているのは自分たちなのだ。ぬすんだわけじゃないけれど、もどさなければならないらしい。

でも、どうやって？　だれに返せばいいの？

「もうちょっとだ」11番ギャラリーの天井裏《てんじょううら》の真っ暗なエアダクトの中で、ジャックがいった。いま、ふたりは、E9で見つけた砂時計を本来あるべきA2の部屋へもどすために、アメリカコーナーへ向かっている。

ルーシーは緊張《きんちょう》していた。ソーン夫人の手紙にあった〈ゆゆしき事態〉〈危険な行為《こうい》〉という言葉が、頭の中でこだましている。

アメリカコーナーは11番ギャラリーの中央にあり、ヨーロッパコーナーから天井裏を通って移動するのがふたりの定番ルートだ。ダクトにもぐりこむためにルーシーが作った鎖編《くさりあ》みの輪は、登山者のロープのように、暗闇《くらやみ》の中でふたりの道しるべになってくれる。

ようやく前方の通風孔《つうふうこう》からさしこむアメリカコーナーの明かりがぼうっと見えた。

「下枠《したわく》におりたら右に進んで」ルーシーは、ジャックにつづいてダクトを出ながらいった。

「オッケー」

ジャックは通風孔からおりるスピードをあげる新たな技をためしていた。足を鎖編みの輪ではなく壁《かべ》につけ、両手で輪をつかみ、超《ちょう》高層ビルの壁をつたうようにしておりるのだ。

「ルーシーもやってみろよ」

いつもの方法より腕《うで》に力がかかるけれど、いちいち足を輪にかけなくていいので楽だ、とルーシーは思った。ロープを使って岸壁《がんぺき》をおりる懸垂下降《けんすいかこう》に似ているが、壁《かべ》を蹴《け》る必要はない。ジャンプして宙をすべる感じだ。ルーシーは少しずつ、こつをつかんでいった。

「これだと速いわね！」

ふたりとも問題なく下枠《したわく》にたどりつき、ニューハンプシャー州のA２に向かって走った。木枠のせまいすきまから、A２のサイドルームへとすべりこんだ。サイドルームにはつやつやした木のせまい階段があり、メインルームをのぞけた。

「この部屋は？」と、ジャック。

「一七一〇年ごろのニューハンプシャー州ポーツマス市の部屋。カタログによると、ジョン・ウェントワースという人の家の部屋をまねたものだって」

「ギャラリーに客はいないな」と、ジャックがささやく。

ふたりとも部屋が生きているかどうかたしかめるため、メインルームへと移動した。素朴《そぼく》な部屋で、広い床板《ゆかいた》も、羽目板がはられた壁も、家具もすべて木製だ。同じ時代のヨーロッパの部屋よりもごつごつしていて、どっしりとした印象を受ける。部屋の中央にある素朴なシャンデリアの下のテーブルには、ソーン夫人のミニチュアの中でもとくに細かい物がならんでいた。

メガネと、ちゃんと字が読めるひらきかけの聖書と、象牙《ぞうげ》の編み棒《ぼう》までそろった編み物のかごだ。ギャラリーの窓から何度ものぞいてきたミニチュアが、いま目の前にあるのを見て、ルーシーはなんとなく落ちつかなかった。

窓の外は、雪におおわれた葉のない木々と、くすんだ冬の景色だ。たしかなことはいえないが、ジオラマっぽい。

「ねえ、ジャック、この部屋、生きてると思う？」

「うーん、どうだろう。音はしてるけど、どこから聞こえてくるのかな」

ふたりが通りぬけたドアとは別のドアが、同じ壁にもうひとつある。あけたら、暗いクロゼットだった。そのとなりの大きな戸棚《とだな》を見ながら、ルーシーはいった。

「砂時計が置いてあったのはここよ。戸棚の上」

「なぜわかるんだ？」

「カタログの写真がそうなってたから。まちがいないわ」

ルーシーがななめがけバッグから砂時計をとりだし、戸棚の上に置いた瞬間《しゅんかん》、11番ギャラリーから声がした。

「ルーシー、早く！　かくれろ！」

ふたりともクロゼットに飛びこみ、ドアをしめた。

ジャックがポケットから携帯《けいたい》電話をとりだし、ライトをつけて、せまい空間を照らした。いままでの部屋のクロゼットと同じく、フックに衣類がかかっている。「よし、探検だ！」

携帯電話のライトにうかぶ衣類は、厚手のウールということをのぞけば、ジャックの先祖ジャック・ノーフリートと出会った一七三〇年代のケープコッドの服と似ていた。黒い袖《そで》なしの外套《がいとう》が二着。一着は膝丈《ひざたけ》で、もう一着はもっと長い。膝丈のは男性用、長いのは女性用らしい。今回は靴《くつ》もそろっていた。アメリカに移住した清教徒たちがはいていたようなバックルのついた靴だ。

「暖炉《だんろ》の向こうのドアが外に出るドアだよな」

「外套は服の上からはおったほうがいいんじゃない？　窓の外の景色は冬だから。もし外の世界が本物だったら寒いわよ」

ボタンと靴のバックルをとめてから、クロゼットのドアをわずかにあけた。

「うん、だいじょうぶだ」

ジャックが外へ出るドアへまっすぐ向かい、ルーシーがあとにつづいた。

真鍮製《しんちゅうせい》のドアノブがかたくて手間どったが、やっとのことで引いたら、ドアがきしんだ。

ルーシーはドアの向こうをのぞきこみ、すっとんきょうな声をあげた。「ええっ、なに？」

ふたりの目の前にあったのは、冬景色ではなく、階段だった。さっき部屋に入るのに使った階段と似ているが、今回は下りの階段だ。おりていったら、階段の一番下にビロードのロープが張られ、立ち入り禁止になっていた。ロープをくぐったら、ついさっきまでいたA２とそっくりの家具つきの部屋に出た。

A２と同じように低い天井《てんじょう》は梁《はり》が見え、一方の壁《かべ》はつややかな羽目板がはられ、レンガにかこまれた巨大《きょだい》な暖炉もあった。部屋の中央にはテーブルと、彫刻《ちょうこく》がほどこされた木製の椅子《いす》が数脚《きゃく》。細かいところはちがっているが、部屋の印象は驚《おどろ》くほど似ている。

「気味が悪いな。そっくりだぞ！」

「別のソーン・ミニチュアルームみたいね」

「でも、ここは壁にかこまれてる。ギャラリーに面したデカいガラスはないぞ」

「なぜソーン夫人は、メインルームの先にもうひとつ、そっくりな部屋を作ったの？　まるで二つの部屋を――」

といいかけたルーシーをジャックがさえぎった。

「あっ！　だれだ？」

小さなガラス窓の向こうを複数の人影《ひとかげ》が通りすぎていく。美術館のギャラリーからのぞきこむ巨大《きょだい》な人間ではなく、同じサイズの人間だ。

しかも十八世紀の服を着ていない。けれど二十一世紀の服でもない。

女性たちはウエストのくびれた服装で、小さなハンドバッグを持っていた。髪型《かみがた》はきちんとしたショートヘア。品のいい小さな帽子《ぼうし》をかぶっている。男性たちはダークスーツ。ダブルのスーツの者もいて、全員ネクタイをしめている。

ひとりの女性が立ちどまって窓から中をのぞきこみ、ルーシーとジャックを見た。

ふたりとも逃《に》げるひまがなかったので、動きをとめて立っていた。

「ねえ、ジャック、いったいなに？」

「ひょっとして、パラレルワールドかもな」

「部屋はそっくりだけど……、あの人たちはだれ？」

ルーシーはすっかり混乱していた。

そのとき、一組の男女が別のドアから入ってきた。

「おや、これはめずらしい」と、男性がふたりにほほえみかけた。

「まあ、すてき」と女性がいい、ふたりとも十八世紀の服を着たジャックとルーシーをほめそやし、同じドアから出ていった。

「いったい、なんなんだ？」と、ジャックがささやく。

つづいて男の子と女の子を連れた一家が入ってきて、子どもたちがおずおずとルーシーの外套《がいとう》をさわろうとした。ルーシーは人目をひきたくなかったので、さわらせてほほえみかけた。

一家がいなくなってから、ルーシーはいった。「どうやら、A2の部屋の外は十八世紀の世界じゃなかったみたいね。ここに来るときにおりてきた階段が、タイムトラベルの出入り口なんじゃない？」と、階段のほうへあごをしゃくった。「あの階段が見えるのは、あたしたちだけみたいよ。だれものぼっていかないし、のぞきもしない」

「よし、この服を脱《ぬ》いで、なにが起きているのか、たしかめにいこうぜ」

だれも来ないうちに重い外套と靴《くつ》を脱ぎすて、大きな戸棚《とだな》に放りこんだら、また人が入ってきた。

「部屋の外がどうなってるか、見てみようよ」

ルーシーはほかの人たちが出入りしているドアを指さした。そのドアから外をのぞいたら、別の部屋がひろがっていた。ソーン・ミニチュアルームでないことはわかっていたが、ソーン・ミニチュアルームとして展示されていても通用しそうな雰囲気《ふんいき》の部屋だ。中に入ってみると、むきだしの床《ゆか》は幅広《はばひろ》の板、家具はすべて彫刻《ちょうこく》のほどこされた色の濃《こ》い木でできていた。壁《かべ》のほぼ一面にレンガの巨大《きょだい》な暖炉《だんろ》があり、赤い布の天蓋《てんがい》とカーテンがある華《はな》やかなベッドが一台、すみに置いてある。格子の枠《わく》がはめられた窓からは、切れ目なく通りすぎる人々が見えた。

「あっ、見て！」と、ルーシーが壁《かべ》にかかった表示のほうへかけよった。「一六八〇年、マサチューセッツ州イプスウイッチ、トマス・ハート邸《てい》って書いてある！」

とつぜん、制服姿の男がひとり、いらついたようすで飛びこんできてどなった。「おかしな役者を見なかったかね？」

ルーシーは男の名札を見た。名前の下に〈メトロポリタン美術館〉と書いてある。

「そっちの部屋に十八世紀の衣装を着た人がふたりいました」と、ジャックが正直に答えた。

「まったく、勝手なまねをして……」男はぶつぶつといいながら、猛然《もうぜん》と出ていった。

「ねえ、名札を見た？」ルーシーは小声でたずねた。「ここ、メトロポリタン美術館よ。ニューヨークの！」

「えっ、なんでニューヨーク？　A2はニューハンプシャー州なのに」

「さあ。とにかく、理由をつきとめなくちゃ。行こう！」

ルーシーはそういって、出口に向かった。

さっき通行人を見かけた廊下《ろうか》を進んだ。世界有数の美術館だとわかったので、おおぜい人がいるのもうなずける。

壁の案内図から、見物客が部屋の中を通りすぎた理由がわかった。ここはメトロポリタン美術館の一角。昔の部屋を再現した展示コーナーだ。

「うわあ！　あたし、昔からここに来たかったんだ！　大好きな本の舞台《ぶたい》がメトロポリタン美術館なの」

「なんて本？」

「『クローディアの秘密』」

「ああ、あれはおもしろいよな」

案内図を頼《たよ》りに迷路のような廊下をたどり、正面玄関《げんかん》ロビーへと向かった。ミニチュアルームじゃないと自分にいいきかせながら、再現された部屋をつぎつぎと通りぬける――『クローディアの秘密』の主人公クローディアが眠《ねむ》ったのはどの部屋かしら。再現部屋の展示コーナーの次は絵画と彫刻《ちょうこく》がえんえんとつづき、観客がのんびりと歩くギャラリーを通りぬけた。レンブラントの絵。壁の全面に飾《かざ》られた巨大な絵画。古代ギリシャと古代ローマの男女の彫像《ちょうぞう》。大理石の白い目がぼんやりと宙をながめている。

ようやく、立派な玄関《げんかん》ロビーにたどりついた。シカゴ美術館の玄関ロビーの少なくとも三倍はある。はるか頭上にはアーチ形天井《てんじょう》、正面には外へのドア、その先には縦《たて》に溝《みぞ》が刻《きざ》まれた柱が何本もならんでいる。

「なあ、探検に行く？」

ルーシーはソーン夫人の手紙を思いだし、答えるのが一瞬《いっしゅん》おくれた。でも、世界一刺激《しげき》的な街が目と鼻の先にあるのに、行かないなんて――。

「うん、行こう。ニューヨークは初めてだし！」

5

ニューヨーク、ニューヨーク

「うわあ、ニューヨークよ！」

メトロポリタン美術館の玄関のすぐ外に立って五番街を見おろしながら、ルーシーは声をあげた。

五番街には人があふれていた。美術館の正面階段もだ。地図を見ている観光客らしき人もいて、夏なのに女性も男性も帽子《ぼうし》をかぶっている。

通りの向こうには、二十階はありそうな建物がならんでいた。右側には、美術館の南棟《とう》とセントラルパークをかこむ石壁《いしかべ》。その奥《おく》には、エンパイア・ステート・ビルディングの特徴《とくちょう》的な尖塔《せんとう》と高層ビルが見える。

通りを走る車は黒ばかり。タクシーだけは色とりどりで、大多数は黄色と白か、緑と白か、赤と白の組みあわせだ。脇《わき》に白と黒の格子縞《こうしじま》が入っている。

「うわっ、古いギャング映画に出てくる車だらけだな」と、ジャック。

ルーシーは通りの向こうを指さした。「あっちに新聞売り場があるわ。一部買って、いまが何年かたしかめない？」

まわりからじろじろと見られて初めて、ルーシーは自分たち以外にスニーカーをはいている人がいないことに気づいた。ズボンをはいている女性も、見わたすかぎりルーシーだけだ。通りがかった二棟《とう》のマンションは日よけが前に飛びだしていて、その下に制服姿のドアマンがいた。

「あの、すみません」ジャックはドアマンのひとりにたずねた。「いま、何時ですか？」

「もうすぐ二時だよ」ドアマンは胸ポケットから懐中時計《かいちゅうどけい》をとりだして答えた。

歩きだしたとたん、ジャックが腕時計《うでどけい》をとりだしたので、ルーシーはたずねた。「なぜ時間をきいたの？」

「ミニチュアルームの外では時間の流れがどうなってるのか、よくわからなくてさ。おれの腕時計だと十二時五分すぎだ」

「前に予想しなかったっけ？　外の時間はジオラマにあわせて決まるんじゃないかって。でも、腕時計があって助かったわ。元の世界が何時か、わからなくなっちゃうよね」

売り場では、新聞、観光客用の地図やおみやげと、雑誌やコミック本も数冊置いてあった。『アクション・コミック』『マーベル・ミステリーコミック』『オールアメリカン・コミック』といったコミック本の表紙は派手《はで》な色で飾《かざ》られ、スーパーヒーローが頭上に車を持ちあげたり、筋肉ムキムキの正義の味方が悪党をなぐりとばしたり、「バーン」「ドカーン」という擬音語《ぎおんご》が太字でおどっていたりする。

何紙もの新聞が束になって置いてあった。ヘラルド紙、ニューヨーク・トリビューン紙、デイリー・ニュース紙――。ふたりはニューヨーク・タイムズ紙を選んだ。

「ええっ、三セント！」

ゴシック体の太字で印刷された価格のあまりの安さに、ジャックは驚《おどろ》きの声をあげた。

「まったくだよなあ、ぼうず」と、カウンターの奥《おく》にいた店主がいった。「最近じゃ、どれもこれも値上げばかりで、えらいこった！」

ジャックはポケットから三セントをとりだし、はらおうとした。が、急にはっとし、店主に背を向け、手のひらの三枚の銅貨《どうか》をルーシーに見せた。

「えっ、なに？」

「あったかいんだ」

次の瞬間《しゅんかん》、銅貨《どうか》の日付がかすかにまたたいた。一九九二年と刻《きざ》まれた茶色の銅貨が、みるみるうちに一九三九年のぴかぴかの銅貨に変わっていく――。ルーシーはあんぐりと口をあけてつぶやいた。

「あっ、そうか！　この世界に存在しないものは持ちこめないのよね。つまり、いまは一九三九年よ！」

「スッゲー！」

ジャックは店主のほうへ向きなおり、ぴかぴかの銅貨をわたした。

「六月二十二日ね」ルーシーは日付を読みあげた。

「これで日付はわかったな。でも、たった三セントなんて……。あっ、いいこと、思いついた」

「わかってるわよ。この時代はなにもかも安いもんね」

ルーシーはジャックの考えを読んでいた。安いから、手持ちの少ない金額でもいろいろ買えるのだ。

「なあ、店の奥《おく》にコミック本があっただろ？」

「うん、あったけど？」

「表紙がバットマンだったんだ。しかも初版だぜ！　なにせ一九三九年だからな。それが、たったの十セント！　さっき、過去の品をタイムトラベルさせる方法がわかっただろ。だから、元の世界に持ちかえれるよな。未来の世界なら数百ドルの価値がある！」

ルーシーはくちびるをかんだ。なんとなく引っかかって、しっくりこない。自分だってフレディからもらったヒキガエルをとっておくことにしたのだから、ジャックもバットマンの初版本を持ちかえることはできるのだけれど――。「まあ、うん、そうね。一冊といわず、数冊だって買えるわよね」

「だよな！」

ジャックはポケットから二十五セントと五セントの硬貨《こうか》を一枚ずつ出して、手のひらにのせた。硬貨に刻《きざ》まれたジョージ・ワシントンとトマス・ジェファーソンの顔から傷が消え、日付が変化していく。それを見とどけてから、カウンターに両方置いた。

「コミックを三冊ください」

「あいよ、ぼうず。大人気で売れに売れてるぜ」

ふたりはまた五番街をわたり、セントラルパークに入って、空いていたベンチに座《すわ》った。

ジャックはコミックの表紙をながめた。バットマンのイラストとともに、「バットマンのユニークな驚《おどろ》きの冒険《ぼうけん》、今月からスタート！」という文字がおどっている。

「あとで読もうっと。まずは新聞だな」

第一面には、ナチ党の率いるドイツが他国をおびやかしている、という内容の記事が多かった。中国と日本が戦争中らしい。この時代について、歴史にくわしいジャックがルーシーに解説した。

「一九三九年には、ドイツのポーランド侵攻《しんこう》がきっかけで第二次世界大戦が始まるんだ。ポーランド侵攻は、たしか九月一日。アメリカが参戦するのは、日本に真珠湾《しんじゅわん》を攻撃《こうげき》されてからだけどね」

むさ苦しい身なりの男が犬を連れて通りかかり、ふたりのベンチに座《すわ》った。

「よう、いい天気だな。おふたりさんは、よその町からかい？」

「シカゴからです」と、ジャックが答えた。「なぜ、わかったんです？」

「服装だよ」と、男はふたりの靴《くつ》に目をとめた。「その靴、どこで手に入れたんだい？」

「シカゴでは、これがいちばん新しいんです」と、ルーシー。

「おまえさんたちも万国博覧会に来たのかい？」

ルーシーとジャックは、同じことを考えて顔を見あわせた。また、万国博覧会？　数カ月前にE27〈一九三〇年代のフランスの書斎《しょさい》〉からタイムトラベルし、一九三七年にパリでひらかれた万国博覧会に行ったばかりだったのだ。

「ええ、まあ」と、ジャック。

「テーマは『明日の世界』。会場には、なんでもそろってるぞ。しゃべるロボットまである。でも、しゃべるロボットなんてだれがほしがるんだろう？　うわさだと、もうすぐ戦争になるらしいぞ。これから殺しあいをするっていうのに、ロボットなんて。なあ」

「あの、あたしたち、博覧会について知りたくて新聞を見ていたところなんです」と、ルーシーが口をはさんだ。

「最近は悪いニュースばかりだよ。スポーツ欄《らん》まで悪いニュースとはな」と、男が首をふる。

「なんの話ですか？」ジャックは、新聞をめくりながらたずねた。

「知らないのかい？　アイアン・ホースが……ああ、もう……」

男は言葉につまり、最後までいえなかった。

スポーツ欄のトップページの大見出しが、ふたりの目に飛びこんできた——ゲーリック、ポリオウイルスに選手生命を絶たれ、引退へ。アイアン・ホースというのは、大リーグのNYヤンキーズの花形選手、ルー・ゲーリックのことだ。

「マジかよ」と、ジャック。

男が飼い犬にひもを引っぱられて立ちあがった。

「悲しくてたまらんよ。じゃあな」

ジャックは新聞へ視線をもどしながらため息をついた。

「ほんと、悲しいよな」

「一九三九年には、いろいろあったみたいね。これからどうする？」

「数時間でできることをしよう。五時までに帰ってこいって、母さんにいわれてるし」

「うん、わかった」

「いま、いくら持ってる？」

「十五ドルくらい。ジャックは？」

「三十ドル」

「この世界では物価が安いから、いろいろできるわよ。博覧会の会場までタクシーで行こうよ。きっとはらえるわ」

五番街へと引きかえし、道路脇《わき》で手をあげてタクシーを呼んだ。数台に無視されたが、数分後には黄色と白のタクシーに乗りこめた。

「広いなあ！　シートベルトがないけど」と、ジャック。

「きみたち、金はあるのかい？」
「はい！」運転手の問いに、ふたりは声をそろえて答えた。
「行き先は？」
「万国博覧会の会場にお願いします」
ルーシーはそういって、窓の外をながめた。ルーシーの時代とは、なにもかもがちがってい
た。服装も、看板も、車も、街灯までもだ。タクシーが赤信号でとまった瞬間《しゅんかん》、道端《みちばた》の屋台が
見えた。荷車には幌馬車《ほろばしゃ》のような木製の大きな車輪がついていて、大きな黒いパラソルがさし
てある。看板によると、商品はフランクフルトソーセージ、塩漬《しおづ》け発酵《はっこう》キャベツのザウアーク
ラウトとオニオン、ソフトドリンク、パイ各種で、すべて五セントだ。
「二年前のクリスマスに母さんとニューヨークに来たんだけど、そのときに見たビルがある。
何十年も前の同じビルを見てることになるんだよな。なるほど、新しく見えるわけだ！」と、
ジャック。
タクシーは八十丁目からセントラルパークの南端《なんたん》の五十九丁目まで進み、左折してクイーン
ズボロ橋に向かう路線に入った。複雑に組まれた鉄柱がぬっとあらわれ、陽光が細かくさえぎ
られる。

「エッフェル塔《とう》を思いだすわ。鉄柱が塔とそっくり」

「この橋、完成までに八年かかったんだって」と、ジャック。

「そんなこと、なんで知ってるの？」

「『シャーロットのおくりもの』っていう本で読んだ。シャーロットがウィルバーにそういってた」

橋の梁《はり》と桁《けた》のすきまから、船が行きかうイースト川が見えた。形も大きさもさまざまな船がひしめき、もくもくと煙《けむり》を吐《は》くタグボートもある。

クイーンズボロ橋でイースト川をわたり、マンハッタンとは景観が大きく異なる場所を通過した。マンハッタンにくらべ、ビルは低くて飾《かざ》り気がなく、並木道が多い。ほどなく、博覧会の巨大《きょだい》な宣伝幕があらわれた。球体と、針のようにとがった塔が描《えが》かれている。どちらも真っ白だ。

タクシー運転手が説明した。「あれが『針と球』。世界一長いエスカレーターがあるんだ。楽しんでおいで！」運転手は入り口に近い歩道に車を寄せてとめた。「料金は一ドル四十セントだよ」

ジャックは一ドル紙幣《しへい》と十セント銅貨《どうか》を四枚用意し、十セント銅貨が小さくまたたくのを見た。肖像《しょうぞう》がルーズベルト大統領から、自由の象徴《しょうちょう》とされる帽子《ぼうし》をかぶった女神へと変わる。それを運転手の手に乗せ、チップとしてさらに硬貨《こうか》を一枚追加した。

タクシーから飛びおりたら、目の前は会場の入り口だった。引きもきらずに入っていく見物客のだれもが、メトロポリタン美術館の客と同じようにめかしこんでいた。

ジャックが入場券売り場の表示を指さした。「見ろよ、あれ！　子どもは、たったの二十五セントだって！」

ふたりは料金をはらい、係員からチケットとパンフレットをうけとった。

入場門をくぐったとたん、さっき宣伝幕で見た白い尖塔《せんとう》と球体が正面にそびえていた。見物客がひしめく遊歩道を、五両編成の路面電車と観光バスがスピードを落として通過していく。大半のパビリオンは優美でモダンだった。色とりどりの旗《はた》が、いっせいにそよ風にゆれている。巨大な会場のあちこちに見るものがありすぎて、ルーシーとジャックはついよそ見をし、同じようによそ見をしていた見物客と何度もぶつかった。

尖塔と球体にたどりつき、ジャックがパンフレットを読みあげた。

「塔はワシントン記念塔《きねんとう》よりも高く、球は直径約五十五メートルなんだって」

巨大な球体は堀《ほり》にかこまれていた。堀の水が球体の真っ白な表面に陽光を反射している。長いらせん状のスロープが一本、球に巻きつくようにして地面までのびていて、かなりの人数の見物客が球の底にある小さな入り口から中に入っていく。ここの列はそれほど長くなかったので、ルーシーとジャックもほどなく入れた。

ルーシーはエスカレーターを見あげながらたずねた。「世界一長いエスカレーターだって、タクシーの運転手さんがいってなかったっけ？」

すると、ふたりの前にいた男性が答えた。「そうだよ。まさに技術のなせるわざだね！」と、口笛を吹《ふ》く。

たしかに長い、とルーシーは思った。まあ、見たことがないほど長いわけじゃないけど。

「エスカレーターの先にはなにがあるんですか？」

「〈デモクラシティ〉のパノラマだよ。わたしは、じつはこれで二度目でね。二〇三九年の世界を見せてくれるんだよ」

ふたりはエスカレーターで球の中へと上がっていった。

「うわあ！」とジャックが歓声《かんせい》をあげ、ルーシーもうなずく。

さっき男性がいっていた〈デモクラシティ〉という壮大《そうだい》なパノラマが眼下にあらわれたのだ。

「鉄道模型でよく見るジオラマの巨大版《きょだいばん》みたいだな」と、ジャック。

パノラマは、田園風景と小さな町々にくわえ、中央にきらびやかな巨大都市があった。道路や河川、丘《おか》や森まで、きれいに配置されている。

球体のあちこちにうめこまれた拡声器から、男性の重々しい声が流れてきた。

「未来の世界、未来の都市。そこには草も木々も、石も鉄もあります。未来の都市とは、ただの夢の町ではなく、未来の人間がくらす生活の場なのです」

見物客はだまって耳をすましている。

「上質の都市計画にもとづく、すばらしい生活。そこでは頭脳と筋力、信念と勇気が、果敢《かかん》な努力のもとにつながり、人類は平和に向かって歩むのです」

「ねえ、なんなの、これ?」ルーシーは、とまどってささやいた。

「人類の平和? このパノラマの製作者は、世界が戦争するなんて考えもしなかったんだな」

ジャックはそういうと、都会のすいた道路を走るしずく形の車を指さした。「あの車は、運転してみたいけど」

「ここは一九三九年。ということは、このパノラマはソーン夫人のミニチュアルームとだいたい同じ時期に作られたってことよね。ソーン夫人も見たのかしら?」

「まあ、少なくとも知っていたとは思うよ」ジャックは腕時計《うでどけい》で時間をたしかめた。「ほかも見物するなら、そろそろ行かないと」

出口に向かい、外に出た。らせん状のスロープで地面まで下ったら、土産店でバッジを売っていた。〈未来を見た〉と書かれたバッジもある。

「本物の未来を見せてあげられたらいいのに……」ルーシーはそっとつぶやいた。

ジャックは地図を確認した。「ロボット〈エレクトロ〉だって。見に行く？」

「うん、行こう」

ふたりは〈エネルギーの中庭〉と名づけられた遊歩道を進み、〈光の広場〉で右に曲がった。到着《とうちゃく》した建物は、古いＳＦ映画用に作られたような外見だった。建物の前には五つの輪にかこまれた高い柱が一本立っている。

「驚異《きょうい》の考えるロボット、エレクトロ！」拡声器から大音量が流れてきた。「いよいよ登場です！」

「グッドタイミングね」ルーシーはジャックといっしょに急いで中に入った。

あたりは興奮してざわついていた。そばにいた男の子がお姉さんにしゃべりかける声がする。

「ねえねえ、エレクトロって、後ろ歩きもできるんだって！」

建物の内部はガラスと金属でできていて、ぴかぴかだった。一九三九年には最先端《さいせんたん》のモダンスタイルなのだろうが、ルーシーには古めかしく感じられた。

その印象は、ロボットの登場でさらに強まることとなった。

ふたりの前のバルコニーで、スーツにネクタイ姿の男性がドラマチックに声をはりあげた。

「お待たせしました！　人間とほぼ同等の頭脳を持つロボット、エレクトロの登場です！」

男性の背後のドアがあき、ぴかぴかと光る背の高いロボットがあらわれた。ロボットはまっすぐ前を向いたまま、ほとんど脚《あし》を動かすことなく、なめらかだがのろのろとバルコニーの中央まですべっていった。とがった帽子《ぼうし》こそかぶっていないが、ルーシーには『オズの魔法使《まほうつか》い』に出てくるブリキの木こりとしか思えなかった。けれど見物客たちは、歓声《かんせい》をあげてロボットを見上げている。

ロボットがしゃべった。「わたし、は、エレクトロ。世界、最強、の、ロボット。年齢《ねんれい》、は、七歳《さい》。身長、は、二メートル、三十センチ。脳みそ、は、みなさん、より、大きい。脳、の、重さ、は、二十七キロ」

つづいて白衣を着た男性があらわれ、エレクトロの口に風船をひとつあてていった。「さあ、エレクトロ、風船をふくらませて割ってごらん」

風船がどんどんふくらんで、パーンと割れる。見物客はいっせいに歓声をあげて拍手《はくしゅ》した。

「なんだよ？　これだけ？」ジャックが小声でいった。

「『スター・ウォーズ』の初期の作品よりもひどいわね」

ジャックが、また腕時計《うでどけい》で時間をたしかめた。

「もう、行かないと」

出口の通路は混んでいて、ふたりの前を大家族がふさいでいた。母親はベビーカーを押《お》していて、父親はよちよち歩きの子どもの手を引き、さらに五人の子どもが手をつないで歩いている。一番幼《おさな》い四歳《さい》くらいの男の子はぎゃあぎゃあ泣いていた。と、とつぜん、その子が姉の手をふりほどき、走ってくる路面電車の前に飛びだした。

「あっ、ジャック、あの子！」ルーシーは息をのんだ。

ジャックも気づき、ルーシーが叫《さけ》びおわる前にすばやく男の子にかけよって抱《だ》きかかえ、線路の外に転がった。路面電車がキーッと音を立ててとまる。

男の子はぼうぜんとし、一瞬《いっしゅん》泣きやんだ。

「ビリー！」母親が絶叫《ぜっきょう》してかけよる。

路面電車の運転手がエンジンを切り、ふるえながら降りてきた。

「だいじょうぶかい？　いきなり飛びだしてきたんで、間にあわなくて。危ないところだった。

ありがとうよ！」と、ジャックに手をさしのべて立たせた。

母親は幼い息子をひしと抱きしめ、つづいてジャックも抱きよせた。やじ馬が集まりだし、さわぎが大きくなってくる。

ルーシーが人ごみをかきわけて近づいたら、父親の声がした。

「この子はうちの息子の命の恩人だ！」

ジャックは驚《おどろ》きのあまり言葉をうしない、ルーシーと顔を見あわせた。数人がカメラを持ってよってきた。ジャックの名を問う声もする。警官もひとり到着《とうちゃく》した。

ルーシーは不安になってきた。新聞の一面に写真をのせろ、という声によけい不安になる。

父親がジャックにたずねた。「ご両親はどちらに？　すばらしい息子さんをお持ちだと、ぜひお伝えしたい」

「そうよ！」と、母親がまたジャックを抱きしめる。

ジャックがしぶしぶ名前をつげた直後、ルーシーは輪の中に飛びこんだ。「あの、あたしたち、行かないと。両親を待たせてるので。ごめんなさい！」と、ジャックの手をつかんで強引に引っぱった。ふたりを呼ぶ声にもふりかえらず、博覧会会場を出てタクシー乗り場まで走りつづける。ようやくとまったときには、息が切れていた。

「あの子の……命を……救ったのね」ようやくルーシーがいった。

「うん……みたいだな。マジで……スゲーよな、な？」

「でも、考えてみて。あたしたち……たまたま、この時代のニューヨークに来たけど……もし来てなかったら……。あの子が路面電車の前に飛びだしたのは、あたしたちとはなんの関係もない。つまり、電車にひかれる運命だったってことでしょ。あたしたちはその運命を変えた。歴史を変えてしまったのよ！」

ルーシーは、さっきの救出劇の意味をだんだん理解しはじめていた――〈ゆゆしき事態〉〈危険な行為《こうい》〉というソーン夫人の言葉とともに。

6

木の箱

メトロポリタン美術館にもどったふたりは、ジャック宅に五時までに帰るために、走らなければならなかった。シカゴ美術館ではさすがにもう迷わなかったが、ニューヨークのメトロポリタン美術館では二度も道をたずねなければならなかった。

ジャックは時間を気にしていたが、ルーシーは心の中でタイムトラベルの出入り口のことを心配していた。Ａ２から十八世紀のニューハンプシャー州へタイムトラベルしたはずだったのに、実際に着いたのは一九三九年のニューヨーク——。あたしたち、タイムトラベルについて、ちゃんと理解していなかったの？

メトロポリタン美術館の迷路のような通路を走りながら、ルーシーは思った。タイムトラベルの出入り口が消えていて、あたしがさっきＥ９の外のイギリスからもどれなくなったみたいに、あたしたちも一九三九年のニューヨークからもどれなくなったらどうしよう？　ひょっと

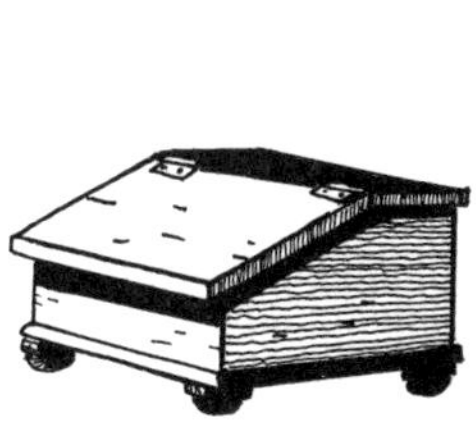

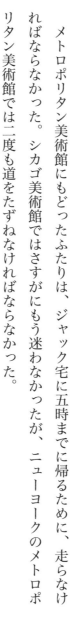

してソーン夫人が警告していたのは、こういう事態？

そのとき、ミセス・マクビティーの声が頭の中にひびいた――当然だと決めてかかっていたことを疑ってごらん。

角を曲がり、印象的な赤い天蓋《てんがい》のベッドを見て、ジャックが叫《さけ》んだ。

「あっ、あった！　ここだ！」

天蓋のベッドがあるトマス・ハート邸《てい》の部屋を通りぬけ、さらにとなりの部屋も通りぬけて、ソーン夫人のミニチュアルームA2へもどれる階段へと向かった。どうかもどれますように、とルーシーは祈《いの》る思いだった。階段の一番下には、さっきと同じくビロードのロープが張られている。ロープをくぐり、階段をかけのぼった。

ルーシーはふーっと息を吐《は》き、ドアをあけかけて、はっとした。

「あっ、そうだ、衣装！　A2のクロゼットの衣装を、さっきの部屋の戸棚《とだな》に置いてきちゃった！」

「よし、これを持ってて。とってくるから」と、ジャックがルーシーにコミック本をわたす。

ジャックと離《はな》ればなれになって、うす暗い階段で待っているのは心細い。ルーシーは、別のことを考えて気をまぎらわせた――A2の部屋で、コミック本をタイムトラベルさせる器はどれ？

やがてジャックが衣装を手にもどってきて、ルーシーにたずねた。

「どう？　ギャラリーに客はいる？」

ルーシーはドアをわずかにあけた。人影《ひとかげ》はない。しーっとくちびるに一本指をたてて耳をすませた。

「ううん、いないみたい。本を入れられる器をさがしてくるわね」

ルーシーは衣装の上に本を置いてA２へとすべりこみ、飾《かざ》り気のない部屋をざっと見まわして、それらしい品はなさそうだと判断した。めぼしいものは聖書だけ。けれど部屋の中央の目立つ場所にあって、この部屋の目玉だから、持ちだすのは危険だ。しかもソーン夫人がやとった職人が作った可能性が高い。タイムトラベルに使えるのは本物のアンティークだけ――。

そのとき、ある箱が目に飛びこんできた。特大の宝石箱くらいの大きさの、茶色い木の箱だ。それを手にとり、ジャックが待っている階段へと引きかえそうとして、ふと立ちどまった。もしこれが〈部屋に命をふきこむアイテム〉だとしたら？　さっきのあたしのように、ジャックを過去の世界にとじこめることになったら？　大変だ！

「ジャック、いる？」ドアの手前でひそひそ声で呼びかけた。

「うん、なに？」

よかった。命をふきこむアイテムじゃない！

ルーシーはドアの外に出た。

「これで、ためしてみない？」

ドアを通りぬけただけで、箱の木の色が少し明るくなった。ささいな変化だが、見ればわかる。

「この箱、たった今、七十五年くらい若がえったわよ！」

「うん、それでもじゅうぶん古いけどな」

あたりはうす暗かったが、ふたをあけた瞬間《しゅんかん》、ジャックは箱の底になにかあるのに気づいてとりだした。ひとつではなく、ふたつある。

ジャックの手のひらには、見た目がぜんぜんちがう指輪がふたつ乗っていた。ひとつは本物の金らしい輝《かがや》きのある凝《こ》った指輪だ。ツタのからまる王冠《おうかん》をのせた球体と、その両脇《わき》にライオンと一角獣《いっかくじゅう》が一頭ずつ刻《きざ》まれ、周囲に小さなルビーとエメラルドがはめこまれている。もうひとつは安物を売る店でよく見る、〝気分によって色が変わる〟のが売りのムードリングだ。

「なぜこんなものが、この中に？」と、ジャック。

「どっちもソーン夫人が作ったものじゃないわ。ミニチュアルーム用の宝石は作ってないし、指輪はさすがに小さすぎてムリ！」

ルーシーは指輪の内側にマークがないかと、金の指輪をしげしげとながめた。

「これ、古いわね」

「こっちは、そんなに古くないぞ」ジャックはムードリングを持っていた。「キャロラインが子どものころ、ここに入りこんで残したとか？」

かつてシカゴ美術館で警備員をしていたエドマンド・ベルの娘《むすめ》で、いまは医師をしているキャロライン・ベルは、子どものころ、魔法《まほう》の力でミニチュアルームに入ったことがあるのだ。

「今夜、家に来るんでしょ。夕食の前にきいてみようよ。全部、木の箱に入れて持ちかえろう」

ふたつの指輪と三冊のコミック本を箱に入れてふたをしめ、11番ギャラリーの観客の声がとぎれるのを待って、ミニチュアルームにすべりこんだ。ジャックが衣装をクロゼットにもどすあいだ、ルーシーは木の箱を元の場所に置き、ジャックが来るのを待ってふたをあけた。

次の瞬間、ジャックはにやりとした。

「やったぜ！　大成功！」

三冊のコミック本はさっきよりかなり古びていたが、一九三九年から七十五年以上もずっと箱にしまってあったかのように状態はいい。

ルーシーはふたつの指輪をとりだした。どちらも見た目はほとんど変わっていない。ななめがけバッグの中をのぞいたら、フレディからもらったヒキガエルの木工細工もそのまま残っていた。ルーシーはバッグの中に指輪をしまい、ジャックのコミック本もそっと入れた。

「じゃあ、帰ろう」

ルーシーは声をかけて走りだし、ジャックも笑顔のままついてきた。

ミニチュアルームの外の下枠《したわく》に出てから、ジャックは腕時計《うでどけい》で時間をたしかめた。

「あっ、四時をすぎてる。急がないと」

ミニサイズのままヨーロッパコーナーの廊下《ろうか》までもどり、ルーシーは時間を節約するため鍵《かぎ》を投げて下枠からジャンプし、空中で元のサイズにもどった。ミニサイズの体重で宙に浮《う》いている数秒間は、地面に向かってすべるように飛んでいく鳥になったようで、自由な気分を味わえた。

ジャックはミニサイズのまま下枠に座《すわ》り、のんきに足をぶらぶらさせている。

ルーシーは鎖編《くさりあ》みの輪を回収してからミニサイズのジャックを床《ゆか》へおろし、またミニサイズにちぢんで保守点検用のドアの下をくぐった。

元のサイズにもどり、シカゴ美術館の正面階段をのぼりながら、エドマンド・ベルとキャロライン・ベルの親子に会うのが楽しみでわくわくした。ふたりと会うのはひさしぶりだ。美術館で警備員として働いていたエドマンド・ベルと知りあえたのは、ルーシーにとって人生最大の出会いだった。ミニチュアルームの裏の暗い廊下をジャックにちらっとのぞかせてくれたのは、エドマンドなのだ。おかげで、ジャックは暗い廊下できらめく魔法《まほう》の鍵に気づいた。エドマンド・ベルの娘《むすめ》でミニチュアルームの魔法を知っているキャロラインは、美術品どろぼうからミニチュアルームを守るときに協力しあった仲だった。

ミシガン通りに面した大きなガラスドアへと向かいながら、ルーシーはいった。

「キャロラインに指輪を見せれば——」

ふいに言葉を切り、ななめがけバッグをつかんだ。

「ん？　どうした？」

ルーシーの表情を見て、ジャックがたずねた。

「いまね、軽くなったの」

ななめがけバッグをあけて、恐《おそ》れていたことが起きてしまったのをたしかめたくない。

それでもやむなくのぞきこみ——ルーシーはしょんぼりして、ジャックにバッグの中身を見せた。ジャックも肩《かた》を落とした。

コミック本も、フレディの木工細工のヒキガエルも消えていた。魔法《まほう》の効果があるのはシカゴ美術館の玄関《げんかん》まで。美術館を出た瞬間《しゅんかん》、すべて消えてしまった。

「できすぎだったのよ。過去の品は、やっぱり現在には持ちかえれないのね」

「前に弁当箱をミニサイズのまま美術館の外に持ちだそうとしたときも、そうだったよなあ。ミニチュアルームから離《はな》れると魔法は効かなくなるってわかってたのに。あーあ、やっぱりだめか」

「うん、今回はちがうのかなって思ったけど」と、ルーシーは深いため息をついた。「木工細工のヒキガエルはフレディからもらったものだし、コミック本は買ったものだし、タイムトラベルには成功したわけだし」

「じゃあさ、おれのナイフは？　ジャック・ノーフリートからもらったナイフは、なぜまだおれの手元にあるのかな？」

自分の先祖の海賊《かいぞく》、ジャック・ノーフリートが作ったクジラの歯のナイフを思いうかべながら、ジャックは疑問を口にした。

「それは、ジャック・ノーフリート本人がつくえにナイフを入れたからでしょ。いい、ソーン夫人はあのつくえをアンティークとして仕入れ、魔法でちぢめた。ソーン夫人がつくえを手に入れた時点で、すでにナイフは何世紀もつくえの引き出しに入っていた。だから、ナイフは本物のアンティーク。あたしたちがタイムトラベルさせた品じゃないってこと。過去の品をタイムトラベルさせるなんて、やっぱり魔法がゆるしてくれないのよ」

「なるほど。うーん、めちゃくちゃ複雑だなあ。前に作った魔法のルールのリストにつけくわえておかないとな。指輪はふたつとも、まだバッグに残ってる？　ムードリングは、さすがにソーン・ミニチュアルームが作られた時期にはないよなあ」

「あっ、それと夫人の手紙！」ルーシーはななめがけバッグの底に手をつっこみ、「あった！」と、ほっとして息を吐《は》きだした。

さらにバッグの中をかきまわし、ムードリングと金の指輪を見つけた。金の指輪はとても古く、異世界の物のように思える。消えちゃったかもと不安になったのに、ちゃんと残っていた。

「残ってるってことは、つまりどっちの指輪も過去の品じゃなくて、現代のだれかが箱に入れたってことよね」

「というと？」

「もし過去の品だとしたら、コミック本やヒキガエルと同じように消えたはずでしょ。指輪は本物のアンティークなのよ」

シカゴ美術館の玄関《げんかん》を出て階段をおり、とぼとぼとバス停に向かった。外はかなり暑く、西日がぎらぎらと照りつけ、バスに乗ってもぎゅうぎゅうづめでよけい暑い。ふたりとも数ブロック手前のバス停で降り、ジャックの家まで歩いた。

ジャックがドアの鍵《かぎ》をあけているあいだに、ルーシーは切りだした。

「あのね、あたし、過去の物を持ちかえるのはよくないって思うの」

「なんで？」

「うまく説明できないんだけど、魔法《まほう》のルールをやぶってる気がして」

ジャックはルーシーとエレベーターに乗りこみながら、肩《かた》をすくめた。

「でもさ、ルールはやぶるためにあるっていうじゃないか」

「今朝、あたし、E9の外で十八世紀の世界にとじこめられたでしょ。心底ぞっとしたわ。魔法のルールをきちんと守らなかったせいよね。ルールをやぶっておいて、こっちの思いどおりに事を運ぼうとするなんて、勝手なんじゃない？」

「うん、たぶん、そうなんだろうな。まさか一九三九年のニューヨークにつながってるなんて、夢にも思わなかったし」

ジャックは大型エレベーターの手動の扉《とびら》をスライドさせて家のドアをあけ、広々としたロフトに向かって叫《さけ》んだ。

「ただいま！」

「おかえり」と、ジャックの母親リディアがアトリエから返事をした。

アトリエに向かったら、エドマンド・ベルとキャロラインの親子がリディアの最新作を鑑《かん》賞《しょう》していた。ジャックの母親は画家なのだ。

「やあ、ひさしぶりだね！」と、エドマンドがふたりにあいさつした。

「ふたりとも今日はどうだった？　暑さでまいってない？」と、リディア。

「うん、ずっと美術館ですごしたから」とジャックが答えたら、

「あら、そうなの？」と、キャロラインが意味ありげにほほえんだ。「なにか特別なことでもあった？」

「いえ、いつもどおりです」ルーシーもほほえみながら答えた——今日のできごとは、タイミングを見はからってキャロラインに話そうっと。

エドマンド・ベルとリディアが仕事の話をするあいだに、ルーシーとジャックはキャロラインといっしょにアトリエを出て、ジャックの部屋へと移動した。そこなら盗《ぬす》み聞きされるおそれはない。ソーン夫人の手紙をキャロラインに見せ、子どものころミニチュアルームで同じよ

うな物を見たことがあるかとたずねた。

キャロラインは手紙を読んでいった。

「まあ……これは、驚《おどろ》きね。ううん、見たことはないわ」

つづいて、意外な場所にたどりついたタイムトラベルについて打ちあけた。

「説明がつかないんです。A2は一七〇〇年代のニューハンプシャー州の部屋だから、外の世界も同じ時代の同じ場所のはずなのに、一九三九年のニューヨークだったなんて」とルーシーがいい、

「だよな」と、ジャックもうなずいた。「おれたち、ニューヨークのメトロポリタン美術館の中にたどりついたんです」

「ミニチュアルームのカタログはある？　手がかりをつかめるかもしれないわ」と、キャロラインがたずねた。

ジャックは本棚《ほんだな》へ歩みよった。「ありますよ。はい、これ」

ジャックがルーシーにカタログをわたし、ルーシーがA2のページをひらいて、キャロラインといっしょに説明文を読んだ。

キャロラインが説明文のある箇所《かしょ》を指さした。「答えはこれじゃないかしら」

「えっ?」と、ジャック。

「A2は、ジョン・ウェントワースという人の、ニューハンプシャー州にあった実際の家の部屋をまねたものなのよね。この説明によると、ウェントワース宅の部屋はいったん解体されて、ニューヨークのメトロポリタン美術館で組み立てられたんですって。ソーン夫人はそれをミニチュアルームで再現したって書いてあるわよ。美術館で組み立てられた時期や、ソーン夫人が再現した時期までは書いてないけれど、その時期と関係があるんじゃないかしら。メトロポリタン美術館のウェブサイトを調べてみたら?」

ジャックはコンピュータでウェブサイトを見つけ、〝ウェントワース〟と入力して検索《けんさく》したところ、すぐにあの部屋の画像があらわれた。

「あっ、あった。これだ!」

ジャックはさらに何度かクリックし、メトロポリタン美術館で新たにアメリカの部屋の展示が始まったという記事を見つけた。

「展示は一九三七年十二月に始まったって書いてある」

「あっ、わかった!」と、ルーシー。「きっとソーン夫人もメトロポリタン美術館の展示のことを知っていて、ミニチュアを作ることにしたのよ。アメリカコーナーの部屋を作ったのは

「そんなこと、なんで知ってるんだ？」ジャックが口をはさんだ。

「カタログで読んだの。……なるほど。だからあたしたちは一九三九年に行きついたのね」

「つまり、おれたちが入りこんだＡ２は、もとは十八世紀のニューハンプシャー州にあったものだけど、ニューヨークのメトロポリタン美術館に移されて、組み立てられたあとの部屋ってことか」と、ジャックが話を整理した。

「うん、そう。ソーン夫人がまねたのはニューヨークのメトロポリタン美術館のほうの部屋。だからミニチュアルームのＡ２は、ニューハンプシャー州じゃなくて、ニューヨークにつながったのよ」

「ふたりとも、さぞびっくりしたでしょうね！」と、キャロラインがつけくわえる。

「あっ、わすれるところだった」ルーシーはバッグをつかみ、ふたつの指輪をとりだした。「これにもびっくりしたんです。Ａ２の部屋で見つけた箱の中に入ってたんです。昔、ミニチュアルームに入ったとき、見たことがありますか？　あるいは、箱の中に入れたとか？」

キャロラインはふたつの指輪をしげしげとながめた。

「ミニチュアルームに入ったのは、かなり昔のことだけど……ううん、見たおぼえがないわ」

「うーん、だれが入れたのな？」と、ルーシーは首をかしげた。

「ひょっとして、最初に鍵《かぎ》をぬすんだ張本人とか？」と、ジャック。

キャロラインは宝石がはめこまれた金の指輪を照明にかざした。ルーシーとジャックが前に暗い階段で見たときには気づかなかったが、指輪はすりきれ、傷もついていて、かなり古めかしい。

「ずいぶん高価そうな指輪ね。これ、家紋《かもん》じゃない？」

キャロラインは、指輪に刻《きざ》まれたライオンと一角獣《いっかくじゅう》を指さした。

「ねえ、ジャック、中世の騎士《きし》について秋にレポートを書いたわよね？　家紋について調べなかった？」

「うん、調べた。家紋は家名の象徴《しょうちょう》なんだ。盾《たて》とか旗《はた》とかが使われてた」

「こういう指輪は、きっとミセス・マクビティーがくわしいわよ」と、キャロライン。

「指輪の内側の印についてもね」と、ルーシーは三つの刻印《こくいん》を指さした。ヒョウの頭と、750という数字と、A．B．という飾《かざ》り文字のイニシャルだ。

キャロラインはもうひとつの指輪を見た。

「こっちは、わたしが子どものころに人気だったムードリングね。この指輪と金の指輪のどちらかに、魔法《まほう》の力があるの？」

「おれたちの知るかぎりでは、ないです。そうだ、いいこと思いついた！」

ジャックはカーゴパンツのポケットをあけ、公爵《こうしゃく》夫人クリスティナの魔法の鍵《かぎ》をとりだし、つくえの上に置いた。

「ルーシー、魔法の鍵とムードリングをならべてみろよ」

ルーシーはいわれたとおりにしたが、なにも起きなかった。

「じゃあ、金の指輪をならべて」と、ジャック。

ルーシーがムードリングをどけ、金の指輪をならべた瞬間《しゅんかん》、三人の目の前でクリスティナの鍵がとつぜん輝《かがや》き、点滅《てんめつ》しはじめた。

ルーシーは確信した——魔法の鍵は、あたしたちになにかつげようとしてる！

7
一歩前進

金曜日もまた暑かった。店内はクーラーがきいていて、ルーシーはほっとした。本がぎっしりとつまった暗くて細長い物置部屋にいると、すずしい洞窟《どうくつ》の奥《おく》にもぐっているような気がしてくる。

ミセス・マクビティーはふたりからきのうのできごとを聞き、ソーン夫人の手紙を見て、きっぱりといった。

「まったく、過去の世界にとじこめられても、まだ懲《こ》りないのかい！　ソーン夫人の手紙で、いいかげん目をさましなさい！　ソーン夫人は魔法の鍵の力について心配してるじゃないか。いつ危険にさらされてもおかしくないんだよ」

キャロライン・ベルと同じくミセス・マクビティーも少女時代にソーン・ミニチュアルームに入ったことがあり、タイムトラベルはしていないが、魔法の鍵があればできることは知って

いる。

「これからは、もっと気をつけます」と、ルーシーは約束したが、ミセス・マクビティーは疑っているようだ。「鍵《かぎ》をもどす方法もふたりで考えます」

「おい、指輪を出してみろよ」と、ジャックがルーシーをつつく。

ルーシーは卓上《たくじょう》スタンドの下に宝石のついた金の指輪を置いた。その横にジャックが魔法《まほう》の鍵を置く。鍵は魔法の光を放って点滅《てんめつ》した。

ミセス・マクビティーは、アンティークを調べるときのように、手元のルーペで指輪を拡大した。「ふうん……おもしろいねえ」というと、となりの書棚《しょだな》のほうへ椅子《いす》ごと回転し、大型の書物を一冊引きぬいて、ひざの上でひらいた。

「なんですか、それ？」ジャックがたずねた。

「家紋《かもん》と紋章《もんしょう》の解説本。役に立つ参考書だよ」と、ミセス・マクビティーは大型本をぱらぱらとめくった。「この指輪はイギリス製だねえ」

「なぜイギリス製ってわかるんですか？　ライオンの刻印《こくいん》はないのに」と、ルーシーがたずねた。

「ヒョウの頭の刻印からロンドンの物だとわかるんだよ。まあ、かなり古い品だと刻印はあてにならないけれど」ミセス・マクビティーはルーペをルーシーにのぞかせ、エンピツの先で指しながら説明した。「750という数字は金の含有量《がんゆうりょう》をしめしてるんだよ。この指輪は18金だねえ」

「イニシャルのA．B．は？」と、ジャックもくわわった。

「制作者のイニシャルという可能性もあるけれど、字体からするとちがうようだねえ。刻印ではなく、彫《ほ》られているようだし。指輪の持ち主のイニシャルだと思うよ」

ルーシーはわくわくしてきた。やった、手がかり発見！　でも、なんの手がかり？

ミセス・マクビティーは少しのあいだページをめくってから、「ああ、あった」と書物を持ちあげた。そのページには紋章がならんでいた。たいていは盾《たて》の形をしていて、ライオン、アヤメの花、ワシ、雄《おす》ジカといったシンボルがついている。

「たぶん、このデザインだねえ」

あるデザインの横に指輪を置いてくらべたら、そっくりだった。

「ええっと、ブラウンロウ家の家紋……。ブラウンロウ家って、だれなんですか？」と、ルーシー。

「それについては調べるしかないよ。けれど、指輪のイニシャルはブラウンロウ家の人間のだれかじゃないかねえ」

「どのくらい古い指輪か、わかりますか？」

「かなり古いね。十八世紀初頭か、もっと前かもしれない。宝石のカットからわかるんだよ」

ルーシーとミセス・マクビティーがしゃべっているあいだに、ジャックは携帯《けいたい》電話で〝ブラウンロウ〟という名前を検索《けんさく》した。

「いくつかリンクを見つけました。ベルトン・ハウスって聞いたことあります？　観光地にもなっているイギリスの大邸宅《だいていたく》らしいんですけど。そこの所有者がブラウンロウ家なんです。ほら、これ」

と、ジャックから携帯の写真を見せられて、ルーシーは目を見ひらいた。

「ベルトン・ハウス！　あたし、知ってる！　ミセス・マクビティー、カタログはあります？」

「もちろんだとも。そこにあるよ」

と、ミセス・マクビティーは書棚《しょだな》の端《はし》を指さした。

ルーシーはジャンプしてカタログをとり、最初のほうのページをひらいた。

「あった、Ｅ４！　これよ、これ！」

「おれたちが入ったことのある部屋？」

「ううん。ベルトン・ハウスはウィリアム・ウィンドがブラウンロウ家のために設計したって書いてある。このミニチュアルームはソーン夫人の大のお気に入りだったとも書いてあるわよ」

「おや、一歩前進だねえ！」ミセス・マクビティーは手をたたいた。

「ほかになんて書いてある？」

とジャックにうながされ、ルーシーは目を走らせた。

「ええっとね……とくにこれといった情報はないかな。部屋のデザインについて書いてあるだけ」と、本を勢いよくとじた。「まずは金の指輪をE４に持ちこんで、調べなくちゃね！」


E４〈ベルトン・ハウスの部屋〉の裏にある保守点検用の廊下《ろうか》は、ヨーロッパコーナーの裏の長い廊下にくらべるとやけに短い。ギャラリーの壁《かべ》のくぼみにさえぎられ、L字型の廊下の先っぽだけがとり残されたような感じだ。

つきあたりの部屋は十三世紀の教会。展示されている中で最古の部屋だ。となりはE１〈クリスティナの部屋〉。鍵《かぎ》の魔法《まほう》について知った部屋。ルーシーが、日記を読みあげる公爵《こうしゃく》夫人クリスティナの声を魔法の力で直接聞いた部屋でもある。E４の応接間は、その三つとなりにあった。

魔法の鍵でミニサイズになってドアの下をくぐってから、ふたりとも元のサイズにもどり、ジャックがカーゴパンツのポケットからようじのはしごをとりだした。ミニチュアルームのすぐ裏を走る下枠《したわく》にのぼるだけなら、このはしごでじゅうぶんだ。ジャックがはしごをとりつけ、少し引っぱって、はずれないのをたしかめた。

「なあ、小さくなる前にためしてみないか。金の指輪にも体をちぢめる力があるかもよ。海賊《かいぞく》の銀貨みたいにさ。ミニチュアルームで指輪を持ったときはミニサイズで、そのあとバッグに入れたんだったよな」

「うん、やってみよう」

ジャックはパンツの別のポケットから金の指輪をとりだし、ルーシーの手のひらに落とした。

「どう？　なにか感じる？」

ルーシーは少し待ってから首をふり、ジャックに指輪をもどした。

「うーん、だめか！」

ジャックは床《ゆか》に転がっているクリスティナの魔法《まほう》の鍵《かぎ》をひろい、手のひらに金の指輪と魔法の鍵をならべた。鍵と指輪はまたしても魔法の光を放って点滅《てんめつ》した。

「まちがいないわ。あたしたちになにかつげようとしてる。でも、なにを？」

ジャックがルーシーに指輪をわたした。「ルーシーが持っていたほうがいいよ」

ルーシーは金の指輪をななめがけバッグの中に入れ、クリスティナの魔法の鍵をにぎり、その手をジャックとつないだ。おだやかな風につつまれて、周囲がぐんぐん大きくなっていく。

いまではふたりともはしごをのぼるのにすっかり慣れ、すぐに下枠にたどりついた。外枠のすきまからのぞきこみ、ミニチュアルームに入れるドアをさがす。

「あっ、あった」と、ルーシー。

外枠のすきまから入りこみ、少しのあいだ耳をすましてから、真鍮《しんちゅう》のドアを手前に引いた。こうすれば中をのぞきやすい。

土曜の朝で、美術館はまだすいている。ギャラリーもすいていて、部屋をのぞきこむ客はいない。ふたりともすぐに部屋にすべりこんだ。

入ってすぐのところに、絵柄《えがら》のついた高いついたてがあった。すばやくかくれるのに便利だ。部屋の壁《かべ》は木製で、黒に近い濃《こ》い色。植物や鳥やツタの凝《こ》った模様《もよう》が彫《ほ》られている。椅子《いす》、戸《と》棚《だな》、天井《てんじょう》からつるされた中央のシャンデリアなど、ほぼすべての家具が金箔《きんぱく》におおわれ、装《そう》飾《しょく》が施《ほどこ》されていた。天井にも花と果物の彫刻《ちょうこく》がある。黄色い大理石の暖炉《だんろ》の上には、馬と男性の絵画。隅《すみ》には、大きな振《ふ》り子時計。

部屋の空気は、陽光であたたまっているように感じられた。この部屋が生きている証拠《しょうこ》だ。

窓の外に見える一本の木に鳥の巣が見える。ふたりが窓に近づいたそのとき、母鳥が一匹《ぴき》の虫をくわえて巣にもどってきた。

「よし、ルーシー、引き出しをかたっぱしから調べよう。金の指輪と合うものが見つかるかも。宝石箱とか、同じ模様《もよう》の物とか」

「うん、じゃあ、あたしはこっち側を調べるね。ジャックはそっちをお願い」

ジャックは、窓と窓のあいだにある大きな書き物づくえの引き出しを調べはじめた。ルーシーは反対側にある整理棚《せいりだな》にまっすぐ向かい、十三個ある引き出しをひとつひとつあけていった。

けれど、どの引き出しも空っぽだった。

金の指輪がなぜA２の箱の中にあったのか、なぜそこに入ることになったのか、手がかりをもとめて部屋の中を見まわした。敷物《しきもの》の模様。家具のはめこみ細工。表面の図柄《ずがら》――。ルーシーは暖炉《だんろ》の横の小さなつくえへと移動した。引き出しはひとつきりで空っぽ。つくえの上に重ねてある二冊の本は偽物《にせもの》だった。ミニチュアルームのために作られた小道具で、ページをめくれない。

暖炉へ視線をうつしたそのとき、薪《まき》用の鋳鉄製《ちゅうてつせい》の火格子《ひごうし》に目がとまった。模様が彫《ほ》ってある。黒くすすけていたので、最初はよく見えなかったが、指輪の中央にあるのとそっくりの模様だ。一六八七という数字も彫ってある。

「あっ、ジャック！　指輪を持ってきて」

ジャックはルーシーが指さす模様を見た瞬間《しゅんかん》、声をあげた。

「うわっ、スッゲー！」

「でしょ。あの数字は年号よね。カタログによると、実物のベルトン・ハウスは一六八五年から八九年のあいだに建てられたんだって」

「指輪とそっくりの模様だな」

ルーシーは金の指輪をななめがけバッグの中に入れ、テラスに出た。雲ひとつない空には太陽が輝《かがや》いていた。太陽の位置からすると、正午近くらしい。そよ風がふき、リスたちがテラスのすぐ前の芝生《しばふ》をかけぬけていく。右側は、なだらかな丘《おか》。左側はレンガの壁《かべ》がじゃまで見えなかった。見たければ、テラスの外に出るしかない。

ルーシーは二十一世紀の服のまま出たくなかったが、ジャックは早くもテラスの外に出ていた。ミニチュアルームをはさんで、ジャックと離《はな》ればなれになったときの不安を思いだし、ルーシーもジャックを追って出た。

テラスから数歩進み、壁の角まで来た。遠くに村が見えたが、近くにも女性がひとりいた。こぢんまりとした木立の下でベンチに座《すわ》り、その前には子どもたちが輪になっている。全員、静かに読書中だったので、ルーシーとジャックはそこに人がいることに気づかず、うっかり姿をさらしてしまった。

読書に飽《あ》きていた年下の子どもが、すぐにふたりに気づいた。「あれ、あの子たち、だれ？」

女性もルーシーとジャックに気づき、上から下までじろじろとながめ、靴《くつ》に目をとめた。これまで過去の世界にタイムトラベルしたとき、いちばん人目を引いたのは現代の靴だった。けれどその女性は、これまでの過去の住人とはちがう反応をしめした。はっと息をのみ、片手で顔をかくしたのだ。

女性は顔をそむけたまま立ちあがり、「みんな！　来て！　いますぐ！」と子どもたちに命じて、屋敷《やしき》のほうへと逃《に》げるように去っていった。

「ヘンなの」

「そうよね。あの人、あたしたちのことをこわがっていたみたい。この時代の服を着てこないと、探検はむりね」ルーシーは、くちびるをかんで考えこんだ。「問題は、Ｅ４のならびのミニチュアルームでは服が見つからないってこと」

「なんで？」

「一番奥《おく》の部屋は教会。Ｅ１はクリスティナの部屋でクロゼットはないし、Ｅ２にもない。Ｅ

３は派手《はで》な大広間だし、Ｅ５は台所よ」

ふたりともテラスに引きかえした。

すると、ジャックがいった。「あっ、そうだ！　Ａ２のウェントワース宅の部屋！　同じ時代の部屋だろ。あそこの服を使えばいい！」

ルーシーは顔を輝《かがや》かせたが、すぐにがっかりした。

「今日は鎖編《くさりあ》みの輪を持ってないの。ヨーロッパコーナーからアメリカコーナーに移動することはないと思って」

だがジャックはにやりとした。

「おれにまかせとけって！」

8

別ルート

「えっ、ここをあたしが教えたって……ほんと?」

ここ、というのは、11番ギャラリーの右にある人目につかない引っこんだ場所だ。ジャックに案内されたルーシーは、驚《おどろ》きをかくせなかった——。

一カ月ほど前、ジャックの先祖である海賊《かいぞく》ジャック・ノーフリートの時代へタイムトラベルしたとき、ふたりはうっかり歴史を変えてしまい、ジャックをこの世から消しそうになった。そのとき、ルーシーの頭の中には、ジャックが存在しない別バージョンの人生の記憶《きおく》が少しずつ入りこんだ。そして、その別バージョンの人生で、ルーシーはアメリカコーナーの保守点検用の廊下《ろうか》に出る別ルートを発見していたのだ。

結局、塗《ぬ》りかえられそうになった歴史が元にもどったので、ルーシーは魔法《まほう》の力で別バージョンの人生の記憶を消されていた。しかしなぜかジャックは、いまもそのときのことをおぼえていた。

ジャックにみちびかれてドアの下をくぐり、警備員のロッカールームのタイルの床《ゆか》をつっきった。さらに案内所に出られるドアのすきまをくぐりつつ、ルーシーは魔法に慣れていなかったころと同じ強い不安を感じていた。

この案内所は難関だった。ボランティアのガイドがつねに座《すわ》っているのだ。ルーシーとジャックは、ドアのすきまから案内所をのぞきこんだ。

「あっちのドアの向こうまで行かないと」と、ジャックが案内所のはるか向こうにあるドアを指さした。「そこに通風孔《つうふうこう》がある。そこからギャラリーの下を通って、アメリカコーナーの廊下に出られるんだ」

「ええっ、そうなの？」

「ああ、まちがいない。前に通ってるよ。通風孔にたどりついたら、格子のすきまから下にジャンプする。ミニサイズのおれたちには、三メートルちょっとの高さになるけどな。それくらいなら、格子につかまって手をはなせばいい」

「まあ、ジャックがそういうならやってみる。でも、もどるときはどうするの？」

「ナイロンの糸を持ってきた」

さすが、ぬかりはないわね、とルーシーは思った。

ふたりともドアの下をくぐりぬけ、案内所へ出て走りだした。もしガイドがふりかえったり、だれかが案内所に来てガイドの後ろを見たら、見つかってしまう。

走っている最中に、ひとりの男性がガイドに質問をしにやってきた。ルーシーとジャックには、その男性がよく見えた。ということは、男性からもふたりがよく見えるはずだ。

ルーシーが顔をあげ、目があった瞬間《しゅんかん》、男性が叫《さけ》んだ。

「あっ！　あれは……ネズミ？」

床《ゆか》を必死にひた走り、ドアのすきまをくぐりぬけ、通風孔《つうふうこう》になんとかたどりついた。

ふたりともミニサイズなので、通風孔の格子をじゅうぶんくぐれる。ジャックは早くも胸までくぐっていた。ルーシーも足から暗い通風孔へともぐって格子をつかもうとしたが、手がすべってしまい、必死に片手でぶらさがった。

「飛べ！」と、ジャックが声をかける。

暗がりの中、ジャックがジャンプするのを見て、ルーシーもジャンプした。

息がつまりそうな床下《ゆかした》の暗闇《くらやみ》を興奮して勢いよく通りぬける。やがて、アメリカコーナーへの出口が頭上にぼうっと浮《う》かびあがった。こちらにも通風孔の格子がある。

真下から格子を見あげた。高さは今のふたりの身長の約二倍。ジャックがズボンの大きいポケットからリールに巻いた糸をとりだし、ほどいた。

「ポケットに、ほかになにが入ってるの？」

「S字フックがふたつと、アーミーナイフが一本」

糸の太さは、ようじよりわずかに太いだけだ。

「ねえ、切れたりしない？」ルーシーは不安にかられた。

「深海用の釣《つ》り糸なんだ。順番にひとりずつのぼれば問題ないよ」

「でも、よじのぼるには細すぎない？」

切れないのはいいとしても、こんな細い糸をどうやってのぼればいい？

「あっ、そうか」と、ジャックが考えこんだ。「うーん……釣り糸は元の太さで、おれたちだけがミニサイズになるんだとばかり思ってた」

「そもそも、どうやって格子にとりつけるの？」

ジャックが持ってきたS字フックもミニサイズで小さすぎ、格子に引っかけられない。脱《だっ》出《しゅつ》方法が見つからず、通風孔にとじこめられたら――。ルーシーは冷水でもかぶったみたいにぞっとした。助けてと叫んだら助かる？　床下からの小さな声がだれかにとどく？　ミニサイズで救出されたとしても、そのあとどうなる？

ようやくジャックがいった。「うん、いいこと思いついた。これならいけるかも」

ジャックは釣《つ》り糸を結び、鎖《くさり》編《あ》みの輪とよく似た輪をつぎつぎと作った。ただし今回の輪は鎖編みの輪よりも間隔《かんかく》があいている。作業を終えたとき、釣り糸には五つの輪ができていた。

「この結び目は、体重をかけるとさらにきつくなるんだ」と、ジャックが輪を引っぱった。

「でも、どうやってつるすの？　格子にとどかないのに」

するとジャックは片方の靴《くつ》を脱《ぬ》ぎ、釣り糸の端《はし》にしばりつけてその靴をルーシーにわたし、よつんばいになった。

「おれの背中に乗って、格子に向かって何度か投げて、うまく巻きつけてくれよ」

「わかった」

ルーシーはジャックの背中にそっと乗ってバランスをとると、小さな靴を格子の四角いすきまに向かって投げた。靴は通過したのとは別のすきまをうまく通って、ルーシーの腰《こし》の位置まで垂れてきた。ルーシーは同じ動作を八、九回くりかえし、糸を引っぱってみた。

「うん、これでだいじょうぶ」

「よし、じゃあ、ルーシーからだ」ジャックは、よつんばいのまま、いった。「おれはあとから行く」

ルーシーは頭上の輪をつかんで体を引っぱりあげ、足を別の輪に入れた。細い糸が手に食いこむ。格子までそれほど距離《きょり》がなくて助かった。もう二回、体を引きあげたら格子に手がとどき、四角いすきまをくぐって出られた。ジャックがのぼってくるときは、糸が格子からほどけないよう、しっかりと目を光らせていた。

格子のすきまからはいだしながら、ジャックは興奮して叫《さけ》び、格子のすぐ下にぶらさがっていた自分の靴を引きあげた。

「着いたぞ！　名案だろ、な？」

「うん、やるわね」

ジャックは糸をほどき、通風孔《つうふうこう》の底に落とした。

「もどるときはジャンプすればいい。さっき下りてきた通風孔でも、この糸がいるよな」

Ａ２のクロゼットから衣装をとってきて、いざヨーロッパコーナーに引きかえそうとしたそのとき、ルーシーはある問題に気づいた。

「この衣装をかかえたまま、あっちの通風孔をのぼるのはむりよ。着るしかないわ」

ふたりとも服の上から重い衣装をかぶって、通風孔からジャンプした。床下《ゆかした》の暗闇《くらやみ》の中を走りながら、ルーシーはまたしても思った――昔の女の人の服って、きれいだけど、ばかげてる！

生地がこんなに重なっていると、動きにくいったらない！

ルーシーは、また結び目をたどって糸をのぼった。ヨーロッパコーナーの通風孔《つうふうこう》から顔をのぞかせると、重い衣装姿で床《ゆか》にはいだし、ジャックを待つ。

ところが、ジャックはなかなかのぼってこない。

えっ、なに？　釣《つ》り糸が思ったより強くなかった？　ひょっとして、糸が切れちゃった？　それともゴキブリのせい？　ジャックはアーミーナイフしか持ってないし、そのナイフもミニサイズだから、ゴキブリのような怪獣《かいじゅう》には役に立たない。それとも、クモの巣につかまった？

もどりかけたそのとき、格子のすきまからジャックがひょいと顔を出した。なんと、釣り糸の端《はし》にしばりつけた靴《くつ》をくわえている！

ふたりはドアをふたつくぐり、警備員のロッカールームまで引きかえした。ルーシーは衣装がやけにかさばるので、ドアのすきまをくぐるのに苦労したが、強引にすそを引っぱってなんとかくぐりぬけた。

そのとき、大きな物音がした。ふたりが立っているのは、巨大《きょだい》なロッカーがならんだ長い列の端。物音はロッカーのドアが勢いよくしまった金属音だ。

ルーシーもジャックもぴたっと止まった。一秒後、ルーシーはおそるおそる身を乗りだし、ロッカーの角からのぞきこんだ。ジャックも同じようにのぞきこむ。

奥《おく》のほうにあるロッカーで、ひとりの警備員が制服のボタンをとめていた。ふたりのすぐとなりにあるロッカーは、ドアが少しだけあいている。ふたりとも同じことを思いつき、警備員が支度を終えるまえに、そのロッカーに飛びこんだ。

ロッカーには、はるか頭上にセーターが一枚かかっていた。床にはランチボックスと大きな魔法瓶《まほうびん》がある。ルーシーはロッカーの錠《じょう》の巨大なシリンダーを見あげた。ブランド名の文字が、いまはルーシーやジャックの顔と同じ大きさだ。

やわらかい靴底《くつぞこ》がキュッキュッと床を踏《ふ》みしめて近づいてくる音に耳をすましながら、じっと待った。警備員の靴が、あっという間にせまってくる。ロッカーのドアのすきまから、靴と靴底の模様《もよう》が見えた。間近で見ると靴はごつごつしていて、ゴム製の靴底には、ほこりやかわいた土がびっしりはさまっている。革についた傷は、落書きされた抽象画《ちゅうしょうが》みたいだ。制服のズボンの裾《すそ》から、すりきれた布がぎざぎざのロープみたいにぶらさがっている。

数秒後、警備員はふたりのロッカーの前でとまった。

ルーシーとジャックは、ランチボックスの裏のせまいすきまに体を押《お》しこめた。

と、ふたりのロッカーのドアが重い金属音とともにしまった。足音が遠ざかっていき、案内所のドアが開閉する音がした。

ジャックがロッカーの錠《じょう》を見あげて、いった。「うわっ、ヤバい」

錠がしまっている。とじこめられた！

ドアの上方の通気口からもれてくる光に、目が慣れてきた。錠はドアの上下の穴に通された二本の金属棒《ぼう》と、ロッカーの中央のハンドルからできている。ハンドルをまわすと金属棒と連動して上下に動き、金属棒が穴からはずれてドアがあく仕組みだ。単純であけやすい――約十三センチのミニサイズでさえなければ。

「ここから出るには、元のサイズにもどるしかないわね」

「外側にダイヤル錠がついてないといいけど」

ジャックの声には不安がにじみでていた。ルーシーはポケットから魔法《まほう》の鍵《かぎ》をとりだし、落とした。

数秒後――。ジャックは、ルーシーの裾《すそ》の長い十八世紀の衣装の下にうもれていた。元のサイズにもどったルーシーは、ロッカーにかかったセーターに顔をつっこみ、ハンガー掛《か》けに頭をぶつけた。「いたっ！」ドアをあけやすい位置に体を動かし、金属棒を動かそうとした。が、びくともしない。

「ううっ、あかない！」

「もっと力をいれろ」ジャックが、うもれた布の下から叫《さけ》んだ。

「もう、こうなったら、こわすわよ！」

ルーシーはせまいロッカーの中で必死にかがんで、やっとのことで魔法瓶《まほうびん》をつかむと、できるかぎり高く持ちあげて、えいやっとふりおろした。

と、錠前《じょうまえ》がこわれ、ドアが勢いよくあいた。ルーシーは魔法瓶とともに飛びだし、床《ゆか》に激突《げきとつ》した。

ジャックは？　つぶしちゃった？

「ジャック！　どこ？」

ワンテンポおくれて衣ずれの音がし、重い衣装の下でもぞもぞと動く気配がした。

「ごめんね！」ルーシーはジャックにかぶさった衣装をどけた。

「ひいっ、どうなるかと思った！」ジャックは息を切らしていた。

「だれか来るまえに、さっさと出よう」

ルーシーは半分こわれたロッカーに魔法瓶をつっこむと、床に落ちていた魔法の鍵をにぎってミニサイズになった。衣装の裾を持ちあげ、ジャックといっしょにドアまで走ってすきまをくぐり、11番ギャラリーの人目につかない場所で衣装を脱《ぬ》ぐ。まわりにだれもいなかったので、ジャックといっしょに元のサイズにもどった。衣装はミニサイズのままだ。

ジャックが鍵《かぎ》を持ち、ふたりともなにごともなかったかのように11番ギャラリーをのんびりと歩いた。ミニサイズの衣装はポケットに入れた。

いよいよ、一六八七年の世界へ冒険《ぼうけん》だ！

9

家庭教師

ルーシーは、金の指輪を陽光にかざした。きらめく宝石が発炎筒《はつえんとう》に見え、ふと不安になる。金の指輪をバッグにもどしながら、ジャックにたずねた。「ねえ、この時代について知ってることを教えて」

「おれ、イギリスの歴史はくわしくないんだ。でもイギリス人が初めて開拓《かいたく》したジェームズタウンは、この時代にはすでにあったはず。だから、もしだれかにきかれたら、ジェームズタウンから来たっていえばオッケーだな！　よし、行こう。時間がもったいない」

能天気そのものだ。ジャックは、はねるようにしてテラスから芝《しば》へとおりた。

E4のベルトン・ハウスは、咲《さ》きほこるバラのしげみや小さな生け垣《がき》があちこちにある広い芝にかこまれていた。ほかの部屋はどんなふうだろうと、ルーシーは好奇心《こうきしん》をそそられた。

と、とつぜん、ふたりの頭のあいだをヒュッとなにかが通りぬけていった。

「ふせろ！」と、ジャックが叫《さけ》ぶ。

地面につっぷした瞬間《しゅんかん》、またなにかが宙を飛んだ。今度はルーシーにも見えた。矢だ！

戦場に足を踏《ふ》みいれてしまったのかとびくびくしながら生け垣《がき》のほうを見たら、どっと笑い声があがった。

ふたりの少女がかけよってきた。もしかしたら読書しているのを見かけたあの子たちかも、とルーシーは思った。年上の少女はルーシーたちと同じ年ごろのようだ。

「けがしなかった？」

とたずねられ、ルーシーとジャックは立ちあがった。

「うん、だいじょうぶだよ」ジャックが答える。

「弟のウィリアムのせいなの。まったく、しょうもない子！」

どんぴしゃのタイミングで、〝しょうもない子〟が声をあげて笑いながら、片手に矢を持ってあらわれた。矢筒《やづつ》を背中にくくりつけている。年齢《ねんれい》は八歳《さい》くらいか。

「ほらな、姉さん。だれも、けがしてないだろ！」

「まったく、なんて子なの！」

姉の少女が弟のウィリアムから弓をもぎとり、ルーシーたちに向かって膝《ひざ》をまげておじぎした。

「わたしはマーガレット・ブラウンロウ。この子はローズです」

と、自分の背中にかくれている五歳くらいの妹に向かってうなずいた。

ブラウンロウ家の人たちだ！　ルーシーはうれしくて笑いだしたくなる気持ちをおさえ、礼儀《れいぎ》ただしくほほえんだ。

「あたしはルーシー・スチュワート。この子はジャック・タッカーです」

「この子は弟のウィリアム。アーチェリーのレッスン中だったの。この子ったら、勝手に標的を変えたりして。おふたりに命中したかもしれないでしょ！」

マーガレットはウィリアムをぴしゃりとたたいた。

「リビーにいっちゃおうっと！」

妹のローズが屋敷《やしき》のほうへ走っていく。

「だめよ、ローズ、リビーのじゃまをしちゃ。具合が悪くて寝《ね》てるんだから」

マーガレットが引きとめたが、ローズはそのまま屋敷の中に消えてしまった。マーガレットはルーシーとジャックのほうへ向きなおった。

「弟のこと、どうかゆるしてやってね」

「ぜんぜん、オッケ……」ルーシーはそういいかけ、この時代はだれも〝オッケー〟という言葉を使わないことを思いだし、言葉を変えた。「あの、だいじょうぶです」

「あなたたち、前にあそこの公園で見かけなかった？」

「ええ、たぶん」ルーシーは話題を変えた。「ここ、あなたたちの家？」

「ええ、そうよ」

「でも、きみたちはこのあたりの人たちじゃないよね。感じがちがうから」と、ウィリアム。

「うん、ジェームズタウンの開拓地《かいたくち》から来たんだ」

とジャックが答えたら、ウィリアムは広口のガラス瓶《びん》のように口をあんぐりとあけた。

「まあ、なぜ開拓地から、わざわざここに？」マーガレットがたずねた。

「ジャックが教育を受けることになって。あたしは、つきそいなの」

昔は女子が教育を受けることなどめったになかったことを思いだし、ルーシーは話をでっちあげた。

「ねえねえ、開拓地には野生動物がいるの？　先住民と戦ったりする？」

ウィリアムが目を輝《かがや》かせてたずねた。

「先住民とは、うまくつきあうようにしてるよ。向こうのほうが先にいたわけだし」

この時代には、先住民と開拓民《かいたくみん》の血まみれの衝突《しょうとつ》がくりかえされていた。そのことをジャックは知っていたが、さりげなくごまかし、おまけで「みんな、狩《か》りには弓と矢を使うんだ。おれもたまに参加する」とつけくわえた。

「へーえ、きみの腕前《うでまえ》は？」と、ウィリアム。

「なかなかのもんさ」ジャックは胸をはった。

「じゃあ、やってみてよ」

ウィリアムは姉のマーガレットから弓をとりかえし、ジャックについてくるように合図した。ルーシーとマーガレットは顔を見あわせ、飛んできた矢に下手に刺《さ》されるよりついていったほうが身のためだと、おたがい無言で判断した。

ウィリアムはジャックたちをアーチェリー場へ連れていった。ちょうど窓のそばで、屋敷《やしき》の中をのぞきこめる。陽光がまぶしくて断言できないが、ルーシーは窓の向こうからこっちをのぞく人影《ひとかげ》を見た気がした。

アーチェリー場には、三つの矢筒《やづつ》と弓が置きっぱなしになっていた。数メートル先に大きなわらの束がひとつあり、同心円のえがかれた布が一枚はりつけてある。

ジャックはどこで習ったのか知らないが、リラックスしたようすで弓と矢羽根の具合を調べると、矢をつがえて弓を引いた。矢は宙で弧《こ》をえがき、小気味よい音を立てて的の中心近くに刺《さ》さった。

「おっ、すごい！」ウィリアムはすなおにほめた。

そのとき――「おや、どなた？」

ルーシーとジャックがふりかえったら、本を一冊持った十六歳《さい》くらいの少年が横の庭からひょいとあらわれた。

「ピーター、こちらはジャックとルーシー。アメリカから来たんだよ！」と、ウィリアムが紹《しょう》介《かい》した。

「ええっ、アメリカ？　本当に？」

ピーターは近づいてきてジャックと握手《あくしゅ》し、ルーシーの手をとりキスをした。ルーシーは顔がほてるのを感じた。

「ベルトン・ハウスへは、どういったご用件で？」

「えっと、その……」ルーシーは、落ちつけ、と自分にいいきかせ、バッグをかきまわして金の指輪をとりだした。

「これを見つけたの。あなたたちの家のものじゃない？」

ピーターは指輪を陽光にかざし、しげしげとながめた。「うーん、どうだろう。うちの家紋《かもん》に似てるな」

マーガレットも指輪をうけとってながめ、ルーシーにもどした。

「お父さまは、指輪がなくなったとはいってなかったけれど」

屋敷《やしき》のほうで大声がしたので、ルーシーがそっちを見たら、ローズが泣き声で「ウィリアムが男の子と女の子をやっつけようとしてる！」とわめきながら、ひとりの女性の腕《うで》をつかみ、屋敷の外へ引っぱりだそうとしていた。前に子どもたちに本を読んでいるところを見かけた、あの女性だ。外に出るのをいやがっている。

ピーターが女性に向かって叫《さけ》んだ。「心配ないよ、リビー。お客さまなんだ。アメリカから！」

そう聞いたとたん、女性は意識をうしなってくずれ落ちた。

ベルトン・ハウスの応接間にいるのは、みょうな気分だった。ソーン夫人のミニチュアルームE4とほぼ同じだが、家具と壁《かべ》にかかった絵はちがう。もちろんギャラリーに面した窓はなく、四面とも壁だ。

リビーという名の中年女性はだいじょうぶだといったけれど、子どもたちに強引に応接間へもどされた。

「ちょっとめまいがしただけなの。ちゃんと食事をとればだいじょうぶ」

とリビーがいうので、ピーターはみんなでお茶を飲んで、ビスケットを食べようといった。

ローズは、リビーのことを家庭教師だと紹介《しょうかい》した。

「昔はお父さまの世話をしていて、いまはわたしたちを見てくれているの」

お茶を飲むリビーのティーカップがふるえ、ソーサーとぶつかってかすかな音を立てていることに、ルーシーは気づいた。

全員でおしゃべりをしたが、リビーはほとんど口をきかず、幼《おさな》いローズの世話に専念していた。兄弟の両親はロンドンへ社交行事で出かけていて、子どもたちは結婚《けっこん》相手を見つける年齢《ねんれい》になるまでは同行しないのだと、ルーシーとジャックは説明された。

どうやらリビーは、乳母と家庭教師をかねているらしい。幼いローズはリビーのとなりに子猫《ねこ》のように丸まって座《すわ》り、ジャックのスニーカーを見つめていた。ルーシーは、長い衣装の裾《すそ》で靴《くつ》をかくしていた。よかった、重たい衣装がやっと役に立った！

とうとうローズはがまんできなくなり、勢いよく立ちあがってジャックに近づき、スニーカーをつついた。

「ねえねえ、どうしてヘンテコな靴をはいてるの？」

「ちょっと、ローズ！　失礼でしょ！」姉のマーガレットがたしなめる。

ジャックは声をあげて笑った。「こっちの世界では、これがあたりまえなんだよ」

「さあ、外に出て、アーチェリーの練習を最後までやってらっしゃい」家庭教師のリビーは今度はよろめかずに立ちあがると、ローズをジャックのスニーカーから引きはなし、ドアのほうへ連れていった。「わたしもすぐに行くから」

年下の子どもたちが先頭に立って出ていく。ジャックはピーターとならんで声をかけた。

「その本、おもしろい？」

「うん！　わくわくするよ！」と、ピーターはジャックに表紙を見せた。『ガリバー旅行記』。出たばかりなんだ」

「へーえ、おもしろそう。見せてもらってもいい？」

最初のほうをぺらぺらとめくり、ジャックの顔がかすかにくもるのを、ルーシーは見のがさなかった。それでもアーチェリー場に近づいてピーターに本を返すときには、ふつうの顔にもどっていた。

幼いローズがルーシーに弓をわたした。

「ねえねえ、アーチェリー、できる？」

「ううん」といいつつ、ルーシーは弓をうけとった。「でも、やってみるわ」

所定の位置から矢をつがえて弓を引き、的に命中させた。ジャックのように中心には刺《さ》さらなかったが、まあまあだ。

「じゃあ、見てて！」

と、ウィリアムがルーシーを押《お》しのけ、矢を放った。ウィリアムの矢は、ルーシーの矢のすぐとなりに刺さった。

「うーん、風に流されたな。よし、もう一本だ」

今度は的の中心近くに刺さり、ウィリアムは声をあげて喜んだ。

つづいて、ほかの子どもたちも順番に練習していく。

ルーシーはアーチェリーを見物しながら、金の指輪をどうしようかと考えた。ここに置いていくか、それとも持ちかえるか。ここに置いていったら、指輪がＡ２〈ウェントワース宅の部屋〉の箱の中にたどりついた理由をつきとめられなくなる。ブラウンロウ家のだれも気にしていないので、なくなったらこまるような貴重品ではないらしい。それならば——。

あれこれ考えていたら、ジャックが話しかけてきた。

「ルーシー、そろそろ帰ろう。おそくなってきた」

「うん。ねえ、ジャック」ルーシーは声をひそめてつづけた。「指輪はひとまず持ちかえったほうがいいと思う。あとで説明するね」

帰るとつげたら、ローズに泣きつかれた。

「ええっ、いっしょにご飯、食べていってくれないの？」

「ごめんね。どうしても帰らないといけなくて」

ふたりはあいさつをし、ブラウンロウ家の子どもたちは、ぜひまた来てね、とほがらかにあいさつした。

ルーシーとジャックはタイムトラベルの出入り口のテラスのほうへ歩きだした。が、ルーシーはとちゅうではっとして立ちどまった。

「あっ、バッグ！　応接間に置いてきちゃった。魔法《まほう》の鍵《かぎ》と指輪が入ってるのに！」

あわてて引きかえしたら、子どもたちはすでに庭にいなかった。庭に面したドアを何度ノックしても、だれも出てこない。ジャックがためしにドアノブをまわしたら、ドアはすんなりとあいた。

後ろめたさを感じつつ、ふたりとも応接間に忍《しの》びこみ、ルーシーはさっきまで座《すわ》っていた椅《い》子《す》にまっすぐ向かった。

ところが、バッグはない！

きょろきょろしていたら、ドアがあいて家庭教師のリビーがあらわれ、ふたりを見て息をのんだ。

「あっ、あなたたち、バッグをさがしてるのね。すぐにとってくるわ。待ってて」数分後、リビーはバッグを持ってもどってきた。「はい、これ。安全な場所にしまっておいたの」

ルーシーは心底ほっとした。「ありがとうございます！」

「じゃあ、気をつけて帰ってね」リビーはそういうと、ふたりをじっと見つめていった。「きっとまた会えるわよね」

ふたりはＥ４にもどり、二十一世紀へとタイムトラベルした。衣裳《いしょう》はＡ２〈ウェントワース宅の部屋〉にもどす時間がなかったので、Ｅ４のついたての裏にかくしておいた。

Ｅ４の外の下枠《したわく》に出たルーシーは、魔法《まほう》の鍵《かぎ》を落としてジャンプしようとした。そのとき、ジャックがとつぜん動きをとめていった。

「なんか、ひっかかるな」

「えっ？」

「さっきの世界は一六八七年なんだよな」

「うん、暖炉《だんろ》の火格子にそう書いてあったわよ。カタログにも、ベルトン・ハウスはそのころに完成したって書いてあるし」

「でもさ、あの『ガリバー旅行記』は、出版日が一七二六年になってたんだ！」

10

ヒント

ルーシーは悩《なや》みごとがあると、かならず朝早くに目がさめる。その日も早く目がさめてしまい、とうとう眠《ねむ》れなくて起きだした。置き時計によると、時刻《じこく》はまだ朝の四時半だ。

やはり〝時間〟のことが気になってしかたない。ミニチュアルームの時代設定とはちがう時代へタイムトラベルしたのは、これで二度目だ。ジャックは『ガリバー旅行記』の刊行日を再確認し、やはり一七二六年だとたしかめた。だとすると、E４の時代から四十年ほど後になる。なぜ、そんなに時間がずれたのだろう？

さらに、魔法《まほう》は危険だと記したソーン夫人自筆の不吉《ふきつ》な手紙もある。魔法の鍵《かぎ》はルーシーやジャックやミセス・マクビティーや、ほかのだれかの手元にあるのではなく、カリフォルニア州にあるソーン夫人の金庫にしまってあるというのだ——そう、一九三九年には！

ルーシーはベッドからおりて、ななめがけバッグをとると、足音をしのばせて居間に行った。

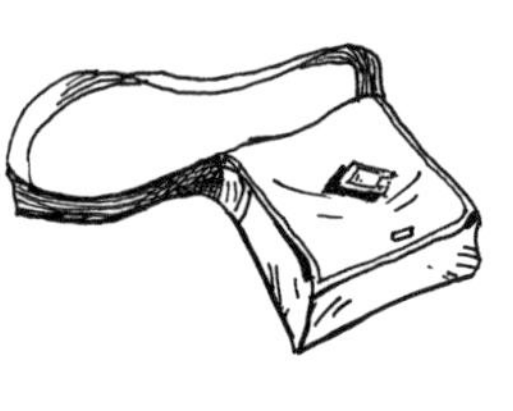

父親のお気に入りの椅子《いす》の上で丸くなって明かりをつけ、ソーン夫人の手紙をとりだしてまた読んでみる。

あなたのしたことは、ゆゆしき事態。あえていうなら、危険な行為《こうい》です。なぜなら、鍵は鏡の箱という、本来あるべき場所の中にもどさなければならないからです。鏡の箱をさがそうとしてもむだです。わたくしがサンタバーバラに持ってきて、金庫にしまいましたから。

手紙をバッグの中にもどし、金の指輪とムードリングをとりだした。金の指輪に光があたり、指輪に刻《きざ》まれた長い年月を照らしだす。たった数時間とはいえ、きのうは新品だったのに――。もうひとつの指輪へ視線をうつした。安っぽいムードリングの金属はくすみ、活力を感じない。天と地ほどもちがうふたつの指輪。それがなぜ、同じ箱に入っていたのだろう？

ふと物音を耳にし、あわててふたつの指輪をバッグの中につっこんで、雑誌を一冊ぱらぱらとめくった。けれど物音は外のゴミ収集車の音だった。びくつくことはない。

投げいれた指輪をさがしてバッグをかきまわしたひょうしに、ある物を見つけた。指輪でも手紙でもない、別の物だ。幅《はば》約二センチ半、長さ約七センチ半のぼろぼろの紙切れが一枚、バッグの中に入っていたのだ。印刷は色あせ、しわが寄ってインクが落ちている。かろうじて読めたのは、シカゴのフィールド科学博物館のロゴの下にならぶ文字だけだった。

ツタンカーメン財宝展　一九七七年六月十六日　学生二ドル

えっ、一九七七年のチケットの半券？　ルーシーは目をこすった。夢でも見てる？　なぜこれがあたしのバッグに？

携帯《けいたい》電話をとりだし、ジャックにメールした。〈あたしのバッグになにか入れた？〉

数分後、携帯がバイブした。〈寝《ね》てるんだけど！！！　眠《ねむ》くないの？〉

ルーシーは大きなため息をつき、携帯電話を置いた。眠くないのかって？　眠れるわけないでしょ！

昼休み、ルーシーはチケットの半券をとりだし、ジャックとミセス・マクビティーに見せた。

「この展示会ならおぼえてるよ。博物館の展示会で初の大ヒットだっていわれたもんさ」

とミセス・マクビティーは思い出を語り、ジャックはチケットをしげしげとながめた。

「たしか、古い新聞で広告を見たぞ。ううっ、ぶきみだ！」

「そう。ぶきみよね」と、ルーシー。「あたしのバッグは、きのうはずっと部屋の中にあったし、土曜日は身につけてた。手をはなしたのは二回だけ。警備員のロッカールームを通ってアメリカコーナーのろうかに忍《しの》びこんだときと……」

ルーシーはふいに口をつぐみ、ジャックを見つめた。ジャックもルーシーを見つめかえしている。

「おや、なんだい？」と、ミセス・マクビティーがたずねた。

ルーシーとジャックはベルトン・ハウスをおとずれ、ブラウンロウ家の子どもたちや家庭教師と会ったときのことを語った。興奮のあまり早口になり、順番が前後したが、ミセス・マクビティーは要点を理解してくれた。

「つまり、ななめがけバッグが手元になかったのは、庭でアーチェリーをしていたときだけだったってことかい？」

ルーシーはうなずいた。「そのあと、さがしに行ったら、家庭教師がとってきてくれたんです」

「その時代は何年だったんだい？」

「それも問題なんです」と、ジャック。「一六八七年だとばかり思っていたのに、一七二六年よりあとじゃないと、つじつまがあわないんです。ブラウンロウ家のピーターって子が『ガリバー旅行記』を読んでたんですけど、出版されたばかりだっていってたんで。『ガリバー旅行記』が出版されたのは一七二六年なんですよ」

「カタログにはE４は一六八七年って書いてあるのに、だいぶ後のものが部屋にあったということですよね」と、ルーシーがつけくわえる。

三人ともだまりこんだ。

しばらくしてルーシーがいった。

「とほうもない説かもしれないんですけど、家庭教師さんがあたしのバッグに入れたんだとしたら？　あの家庭教師さんは、じつはあたしたちより前にやってきたタイムトラベラーから半券をもらっていたとか？　で、あたしたちのこともタイムトラベラーじゃないかと思って、それとなくたしかめたのかも」

「未来から来たタイムトラベラーに会ったことがあるなんていったら頭がおかしいと思われるから、どうどうとはいえなかったってわけか」

「そうそう！」

「まあ、ありえなくはないねえ」と、ミセス・マクビティー。

「別の可能性もある」と、ジャックがゆっくりと切りだした。「もっと、とほうもない説だけど」

「というと？」

「ちょっと待ってて」

ジャックは倉庫へと走っていき、包み紙の新聞の中から興味のある記事のページをとってきて、無言でふたりに見せた。

「あっ、ツタンカーメン財宝展……」

「うん、全面広告が気に入ったからとっておいたんだ。裏の記事を見てくれよ」

ルーシーは、裏の記事の内容も、それを読んだときに感じた寒気もおぼえていた。ミセス・マクビティーが記事を読みあげる。

「警察は木曜日、少女失踪《しっそう》事件の捜査《そうさ》は行きづまっていることをみとめた。ベッキー・ブラウンが失踪してから二週間になるが、クック郡の捜査官《そうさかん》たちは途方《とほう》にくれている。『手がかりが少ない』と、ライリー捜査官は記者会見で語った。『証人は七歳《さい》になる弟のオリバー・ブラウンのみ。年齢《ねんれい》が年齢だけに証言は信用できないし、誘拐《ゆうかい》された証拠《しょうこ》もない。よって、本件は家出として処理する』。犯罪者が野放しになっているという心配は無用だと警察は力説した」

ミセス・マクビティーは読みおわると、椅子《いす》の背もたれによりかかり、メガネをはずした。

ルーシーは口に手をあてた。

「まさか……あの家庭教師さん、行方不明の少女についてなにか知ってるの？」

翌朝早く、ベルトン・ハウスへタイムトラベルするために、ふたりはシカゴ美術館へと急いだ。11番ギャラリーではあせらず、うまく見物客にとけこんでから、壁《かべ》のくぼみへさりげなく近づいた。そして見物客の一家が案内所に近づき、ガイドの視界をさえぎった瞬間《しゅんかん》、ジャックがポケットから魔法《まほう》の鍵《かぎ》をとりだし、ふたりとも魔法でちぢんだ。

手の中に魔力《まりょく》が流れこんでくると、ルーシーはいつもならわくわくするのに、今日はちがった。疑問だらけで、頭がはちきれてしまいそうだ。魔法のそよ風につつまれた瞬間、疑問もうずまきはじめ、体はちぢむのに疑問はふくらんでいく。

暗い廊下《ろうか》でミニチュアルームをめざしてようじのはしごをのぼりながら、家庭教師になんといったらいいか考えた——未来の世界で行方不明になった少女の話をどう切りだせばいいの？

下枠《したわく》にたどりつき、Ｅ４にすべりこんだ。十八世紀の衣装は、ちゃんとついたての裏に残っていた。それを服の上から着て、テラスに出た。太陽の位置からすると、午前十時ごろらしい。

ルーシーはふとリング日時計とフレディを思いだして、ほほえんだ。

「ここからフレディをさがしに行けるかもね。なんか変な感じ。フレディの部屋のE9は、ここと同じ年代でしょ」

「E9のバッキンガムシャー州は、馬で三、四時間の距離《きょり》だな」と、ジャック。

「そんなこと、なんで知ってるの？」

「きのうの晩、同じことを考えて距離を調べたんだ。ほんと、スゲーよな！」

「うん、入ったのとは別の部屋から出られるとしたらね」

ベルトン・ハウスへ向かうとちゅう、ルーシーはジャックのほうを向いていった。

「ねえ、どう切りだすか、考えておいたほうがいいわよ。行方不明の少女のことを知ってるんですか、なんて、いきなりいえないし」

「ツタンカーメン王についてなにか知ってますか、ってきいてみるよ。歴史で勉強したおもしろい話なんですけど、みたいに。いいきっかけにはなるだろ」

「もし相手が乗ってこなかったら？」

「そのときは、骨折り損《ぞん》だったってことだな」

骨折り損か――。けれどルーシーの直感は、まちがっていないとつげていた。

屋敷《やしき》に近づいたら、外にはだれもいなかった。前回は庭に面したドアから入ったが、今回はどうどうと正面玄関《げんかん》から入ることにし、ルーシーは重い真鍮製《しんちゅうせい》のドアノッカーをたたいた。

反応がないので、今度はジャックがノックする。と、直後にドアがあき、正装でこわい顔をした背の高い男性が、とがった長い鼻ごしにふたりを見下ろした。

「なんでしょう？」

「あの、家庭教師さんにお会いしたいんですけど」

とルーシーがいったら、その男性は無言でドアをしめた。

「ここで待ってろってことかな？」と、ジャック。

ルーシーは肩《かた》をすくめた。「うん、たぶん」

ほどなくドアがまたあき、今度は家庭教師があらわれ、にこやかにほほえんでふたりをまねきいれた。

「ごめんなさいね。今朝、子どもたちは馬で出かけているの。もどってくるまで、ゆっくりしてね」

「あのう、じつは……」あなたに会いに来たんですとはいわないほうがいい、とルーシーは考えなおした。「ありがとうございます、ミズ……」

「子どもたちと同じように、リビーと呼んでくださいな」

リビーはふたりを案内して応接間へ向かい、とちゅうで女中にお茶を運んでくれと頼《たの》んだ。

三人とも腰《こし》かけてから、ジャックがたずねた。

「なにを教えているんですか？」

「読み書きと算数の基本よ。勉強が進んだピーターには別の家庭教師がついているわ」

「歴史は？」今度はルーシーがたずねた。

「ええ、歴史も。古代ギリシャと古代ローマを教えているわ」

「古代エジプトは？」と、ジャックがさぐりをいれる。

その瞬間《しゅんかん》、リビーの目に強い不安がうかんだので、ルーシーは当たりだとわかった。

リビーは立ちあがり、しばらく窓の外をながめていた。女中がお茶ののったお盆《ぼん》を運んできて、近くのテーブルに置いて下がる。

あたりが静まりかえった。

リビーは深く息を吸って切りだした。「ある話をするわね。昔、あなたたちよりも少し年上の少女がいたの。良い暮らしをしていたのに、彼女《かのじょ》は満足していなかった。刺激《しげき》や冒険《ぼうけん》に飢《う》えていたし、みとめられたかった。それに、両親が恋《こい》しかった……」

冒険に飢える気持ちは、ルーシーにも痛いほどわかった。ルーシー自身、冒険心からジャックとふたりでここに来たのだ。

「彼女《かのじょ》は幼《おさな》いころに両親を亡くして、おじさんとおばさんに育てられていた。両親が亡くなったころ、弟はまだ赤ちゃんで、育つにつれて彼女にべったりになった。どこにでもついてくるので、彼女はうんざりしていた。弟はかわいいけれど、やさしくできないこともあった。そんなある日……弟が消えてしまった」

リビーは口をひき結んで話を中断し、しばらくしていった。「お茶は?」

「いただきます」と、ルーシー。

ルーシーにもジャックにも予想外の話だった。行方不明の少女の話かと思っていたのに、消えた弟の話になるとは!

リビーは三つのティーカップにお茶をそそぎ、話題を変えた。

「ひょっとして、あなたたち、だれかの差し金でここに来たの?」

「いえ」と、ジャックがいい、

「なぜあたしたちにそんな話をするんですか?」と、ルーシーがたずねた。

「それはね、わたしの頭の中にずっとある話だから。さっき、古代エジプトについてきかれたときに……」

と、いいかけて、リビーはごくりとつばを飲んだ。

「さっきおたずねしたのは、これのせいなんです」

ルーシーがバッグからチケットの半券をとりだすと、リビーはうなずいた。

「このまえ、あなたたちが奇妙《きみょう》な靴《くつ》をはいてとつぜんやってきたとき、その半券をわたすべきだと思って、あなたのバッグに入れたのよ。長年、ずっと持ち歩いていたものなの。どこのチケットか、おぼえてはいるけれど……。きっと、頭がおかしくなったんじゃないかって思われるわ」

「いえ、おれたち、お力になれると思います」と、ジャック。「さっき、だれかにいわれて来たのかってききましたよね。じつはおれたちも、だいぶ昔にだれかが……たぶん女の子があなたの元をおとずれて、チケットの半券をわたしたんじゃないかってきこうと思ってたんです」

リビーは首をふり、なにかいいかけたが、言葉をのみこんだ。その目に恐怖《きょうふ》がうかんでいるのを、ルーシーは見のがさなかった。

「チケットの半券は、いまの話と関係があるんですよね？」ルーシーは先をうながした。

「ええ。すべて、わたしの秘密。答えのない謎《なぞ》よ」

そのとき、細かいことまで記憶《きおく》できるジャックの能力が威力《いりょく》を発揮《はっき》した。

「その少女の弟はオリバーという名前じゃないですか？」

なにをいいだすのかとルーシーはとまどったが、すぐに新聞記事に出ていた弟の名前がオリバーだと思いだした。幼《おさな》すぎて証言を信用されなかった男の子だ。

リビーは、雷《かみなり》に打たれたかのような顔をした。

「ええ、そう！　オリバーはわたしの弟よ！」

「えっ、あなたの弟さん？　オリバーのお姉さんはベッキー・ブラウンという名前のはずですけど」

「わたしがそのベッキー・ブラウンなの。リビーというのは、子どもたちがわたしにつけたニックネームよ」

衝撃《しょうげき》の新事実に、ルーシーとジャックは理解するのに少しかかった。リビーが失踪《しっそう》した少女についてなにか知っているかもしれないとは思っていたが、まさか本人だったとは！

「なぜ弟の名前を知っているの？」

「じゃあ、ここからはおれが話をするので、感想を聞かせてもらえませんか？」

と、ジャックが提案した。

「ええ、ぜひ！」

「昔むかし、シカゴという場所に、ひとりの少女が住んでいました……」

作り話の名人ジャックはここぞとばかりに勢いづき、立ちあがって部屋の中を歩きまわりながら、すべての断片をつなぎあわせて話をつむいでいった。ジャックの話は、一九七七年にフィールド自然史博物館で開催《かいさい》されたツタンカーメン財宝展から始まった。

「しかしその少女は、別の美術館のほうに興味がありました。シカゴ美術館です。その美術館にある魔法《まほう》の部屋で、驚《おどろ》くべき発見をしていたのです。少女は魔法の鍵《かぎ》を見つけ、その鍵で部屋に入ることができました」

ジャックは劇的な効果をねらい、いったん間を置いてからつづけた。

「その部屋に入ればいまの生活から抜けだし、いまの時代からも抜けだせたのです。そしてある日、彼女《かのじょ》は姿を消し、二度とシカゴにもどらなかったのでした」

リビーは一言も聞きもらすまいと、熱心に聞いていた。見れば、ほおが涙《なみだ》でぬれている。ルーシーも、すべての手がかりをきれいにまとめたジャックの話にすっかり聞きいっていた。

「そうよ、そう！」

リビーはハンカチで涙をぬぐいながら大きく息を吸い、もういっぱいお茶を飲んでようやく、落ちついて話せるようになった。

「夢としか思えなかった。だって……ありえないもの！　だれにもいえなかった。自分でも、頭がおかしくなったのかと思ったわ。ひょっとして、いまも夢の中かしら？」

「いえ、夢じゃないです」ジャックが座《すわ》りながらいい、

「おぼえていることをすべて話してください」と、ルーシーはやさしくうながした。

リビーはティーカップをテーブルに置いた。

「わたしが住んでいたのはシカゴ。家族はオリバーという弟がひとり。両親はオリバーが生まれた直後に飛行機墜落《ついらく》事故で亡くなった。たしか、わたしが八歳《さい》くらいのころ。当時の記憶《きおく》はあいまいでね。飛行機を思いだすなんて何年ぶりかしら。この時代には飛行機なんてないのよ」

信じられないという顔で首をふって、つづけた。

「ある夏の日、オリバーに、ツタンカーメン財宝展に連れていってくれとせがまれたの。親代わりのおじとおばは、仕事でいそがしくてね。わたしは、しょっちゅうオリバーの子守をさせられていた。で、フィールド自然史博物館の展示会に行ったのね。そのあとはシカゴ美術館のミニチュアルームを見に行くって決めていた」

「魔法《まほう》でミニチュアルームに入れるって知ってたんですか？」と、ルーシーがたずねた。

「ええ、知っていたわ」

リビーはにぎりしめていた手をひざに置いて、つづけた。

「おじとおばの知りあいにシカゴ美術館につとめていた人がいて、その人がなぜか魔法の鍵《かぎ》を持っていたの。特別な力を持つ鍵なんだっていってたわ。信じた人はいなかったけれど。わたしも魔《ま》よけのようなものだとばかり思っていた。その人が、鍵をすてきなネックレスにしてプレゼントしてくれたの。で、ある日ひとりで美術館に行って、それが本当に特別な鍵だとわかった……。あの日も、オリバーを連れて探検に出かけたのよ」

「ミニチュアルームからタイムトラベルできることも知ってたんですか？」ジャックがたずねた。

「ええ。ミニチュアルームに二度目に入ったとき、ぐうぜんに。しばらく部屋にいたら、外から音がすることに気づいてね。イギリスのすてきな部屋で、壁《かべ》は赤、床《ゆか》はチェッカー盤《ばん》のような白黒の模様《もよう》だった。音のするほうを向いたら、窓の向こうを馬車が通過するのが見えたのよ」

リビーはお茶をすすって、一言つけくわえた。

「それと……指輪もあった」

ルーシーはバッグから金の指輪とムードリングをとりだした。

リビーがあっという顔をし、先にムードリングのほうを指さした。

「それよ、それ。それをつけてたの。あのころ、はやってたのよ。そっちの指輪は……」と、金の指輪を手にとる。「ここに来ることになったきっかけよ」

「えっ、指輪が？　どうして？」ルーシーは、知りたくてたまらなくなった。

「この指輪は、わが家に代々つたわる家宝なの。わたしの実家のブラウン家は、ブラウンロウ家の末裔《まつえい》なのよ。そのブラウンロウ邸《てい》の部屋をモデルにしたミニチュアルームがあると知って、過去にタイムトラベルしたくなったの。先祖に会ってみたくてね。死んだ両親に会いに行く気分だったわ……。本当に浅はかな子どもだった」

「浅はかだなんて思いませんよ」と、ジャック。

ルーシーは、ジャックにとって先祖の海賊《かいぞく》ジャック・ノーフリートが特別な存在だったことを思いだした。

「でも、なぜ過去の世界にとどまろうと思ったんです？」

というルーシーの問いに、リビーの目にまた涙《なみだ》があふれてきた。

「そうじゃないの。とじこめられてしまったのよ」

11

身の上話

ルーシーとジャックは、なにがあったかを語るリビーの――〝行方不明のベッキー・ブラウン〟の――話に聞きいった。

約四十年前、十五歳《さい》のとき、リビーは七歳の弟を連れてタイムトラベルし、十七世紀後半のイギリスのリンカーンシャーにやってきた。

「オリバーは、だだっ子になることがあってね。あの日も、いうことを聞かず、せわしなく走りまわっていた。指輪をくれというのでムードリングをわたしたら、そのうち飽《あ》きて、金の指輪と魔法《まほう》の鍵《かぎ》もくれといいだした。三ついっしょに持ちたかったのね。わたしも根負けして、全部持たせてあげた。オリバーはベルトン・ハウスのお屋敷《やしき》を見たとたん、部屋を見てまわりたいとさわぎだした。とくにゲストルームに興味しんしんだったわ。わたしはいらついて、とうとうあの子を追いはらった。そのあとさがしに行ったら、タイムトラベルの出入り口も、弟

も消えていて……二度とあの子に……会えなくなった」

リビーは、まばたきをくりかえした。

「オリバーはもどってきてくれなかった。二度と来てくれなかった」

ルーシーは身ぶるいした。つい先日、ジャックがE9の部屋で炉棚《ろだな》の壺《つぼ》を持ちあげたせいで過去の世界にとじこめられた、あの十五分間の恐怖《きょうふ》を思いだした。もしジャックがもどってこなくて、あのままだったとしたら――。

ルーシーは、あることに気づいた。

「ねえ、ジャック、E4の〈部屋に命をふきこむアイテム〉がなにか、まだたしかめてないわよね」

「えっ、なに?」とリビーがたずね、ジャックがこたえた。

「外の世界をリアルな過去の世界にしているのは、ミニチュアルームの中の特定のアイテムの力なんです。いままでは、ミニチュアルームと同じ時代のアンティークがその役目を果たしていました。ベルトン・ハウスをモデルにしたE4の部屋で、どれがそれかはわかりませんが、オリバーがとっていったのはまちがいないです。きっと、なにも知らずに」

「でも、おかしくない?」と、ルーシー。「あたしたち、ちゃんとここに来られたじゃない。

Ｅ４の部屋は生きてたし、タイムトラベルの出入り口もしまってないし」

「オリバーがもどしたってことかな」

「だとしたら、いったん消えたタイムトラベルの出入り口が、またあらわれたはずでしょ。そうしたら、迎《むか》えに来られたじゃない。つじつまがあわないわよ」

「金の指輪がそのアイテムってことはないかしら？」と、リビーが口をはさんだ。

「ベルトン・ハウスに初めて来たとき、指輪を持っていたんですよね？」と、ジャック。

「ええ、オリバーのポケットに入っていたと思うわ」

「あたしたちがこれまでに見てきた例だと、アイテムはミニチュアルームに置かれた場所から動かしちゃいけなかったんです。もしちょっとでも動かしたら、タイムトラベルの出入り口はとじてしまうんです」

「うーん……もしかしたら、金の指輪は効き目がちがうのかな。持ったまま、過去に来られるのかな」と、ジャック。

ルーシーはふと魔法《まほう》の鍵《かぎ》が気になって、バッグからとりだしてみた。鍵は、陽光に照らされたつららのように、光りながら点滅《てんめつ》している。魔法の鍵と金の指輪をならべたら、指輪も鍵のように点滅しはじめた。鍵が強い光を発するたびに指輪も同じように光を放ち、モールス信号のように不規則に点滅《てんめつ》する。まるで言葉をかわしてでもいるみたいに――。すると、はるか遠くでチリンチリンという美しい音がしはじめた。だんだん大きくなり、とうとう部屋全体に鳴りひびく。

数分間、三人とも光を見つめ、音を聞いていた。

「鍵《かぎ》と金の指輪は、ばらばらにしちゃいけないんじゃないかしら。なにが起きるかわからないし」ルーシーは思いついたことをいってみた。

「ねえ、タイムトラベルの出入り口まで連れていってくれない？　見てみたいの」と、リビー。

「もちろんです」

三人は庭に面したドアから出て、バラと低木のしげみを通りぬけた。

「ここで家庭教師をするようになったきっかけは、なんだったんですか？」と、ルーシーはたずねた。

「最初のころはだれか迎《むか》えに来てくれると信じていたから、果樹園のリンゴや菜園の野菜を食べて飢《う》えをしのいで、だれにも見られないように野宿したわ。でもしばらくたつと、ちゃんと食べて、ちゃんと寝《ね》られる場所を見つけないとだめだと思ったの。この時代にしばらくいるしかないとわかったのはショックだったけれど、落ちついてからは自分になにができるか考えたわ。この時代はね、若い女性にできる仕事がほとんどないのよ。

で、近くの村で台所女中として働いた。数カ月のつもりだったのに、一年、二年と時間がたつうち、この世界にも慣れてきた。そんなある日、ブラウンロウ家が家庭教師を募集《ぼしゅう》していると聞いてね。あのころのわたしは若かったけれど、この時代の女性としては高度な教育を受けているほうだったし、ブラウンロウ家は親族だし、思いきって手紙を書いて採用されたの。もう、はるか昔のことね……。最初は、あなたたちが出会った子どもたちの父親の勉強を見ていたのよ。その子が大人になって、結婚《けっこん》して家族を持ち、いまはその子どもたちの勉強を見ているの」

「スッゲー！」と、ジャック。

ブラウンロウ家は第二の家族のような存在なのだ、とリビーは語った。タイムトラベルのせいで順番があべこべだが、ブラウンロウ家の子どもたちとは血もつながっている。

「でもね、昔の人生が……とくに弟のオリバーのことがたまらなく恋《こい》しくて。心の痛みは消えないわ。まあ、うすれてはきたけれど」

ミニチュアルームの外にあるテラスの近くまで来た。

リビーは深呼吸をした。

「わたしとオリバーが来たときは……こんなふうじゃなかった」

ルーシーがさしだした手を、リビーはほっとしてにぎった。

石のタイルのテラスをつっきった。目の前に見えるドアをジャックがほんの少しあけ、三人そろってイギリスの田舎町に立ったまま、三世紀未来のミニチュアルームをのぞきこむ。ギャラリーの窓にはだれもいない。先にジャックが中にすべりこんだ。リビーはミニチュアルームのドアの前でベルトン・ハウスのほうをふりかえってから、数十年ぶりに元の世界へ足を踏《ふ》みいれた。

「まあ、あまり変わっていないのね」と、リビーは部屋全体を見まわした。「あの絵は前とはちがうけれど。それと、家具も少しちがうわね」そして、ギャラリーに面した窓へかけよった。

「あら、こんなものはなかったわ。変ね」

「あっ、そこには立たないほうがいいです」ルーシーはまたリビーの手をとって、ガラス窓から遠ざけた。「だれかに見られるかもしれないんで」

リビーはぐるりと見わたし、すべてを目に焼きつけた。

そのとき、ギャラリーから子どものかんだかい声がした。

「ねえねえ、暖炉《だんろ》の前に子猫《こねこ》がいるよ！」

となりの部屋のことだ。

「早く！　こっち、こっち！」

とジャックにせかされ、三人は入ってきたのとは別のドアから保守点検用の廊下《ろうか》に出た。その瞬間《しゅんかん》、リビーは体をこわばらせた。

「なにもかも大きくて、くらくらしますよね。下を見ないで」と、ルーシーがリビーに声をかける。

「ううん、ちがうの。ただ、昔とはちがいすぎると思って……。気のせいかしら？」

「いえ、そんなことないです」

「ああ、もう、なにもかもいや！　頭がぐちゃぐちゃよ。お願い、帰らせて」

「わかりました」と、ジャック。

ギャラリーの観客が通りすぎてから三人とも部屋にもどり、リビーはさっさとテラスに出られるドアから過去の世界へ引きかえした。

ルーシーとジャックもあわてて追いかけ、テラスに出た。

リビーはテラスで苦しそうにしていた。「もう、なにがなんだか……さっぱり……。ききたいことがありすぎて、どこから始めたらいいものやら。わたしの手には負えないわ」

ルーシーはなんといったらいいかわからず、リビーの腕《うで》をさすった。こんな反応はみじんも予想していなかったので、とまどいをかくせない。リビーは元の世界に帰りたいのだとばかり思っていたのに——。急にわからなくなってきた。

リビーは目に涙《なみだ》をためてたずねた。「ひとつ、お願いしてもいい？」

「はい、もちろん」と、ジャック。

「オリバーを見つけてもらえない？　せめて、あの子がどうなったかだけでも……なぜ、わたしを迎《むか》えに来てくれなかったのかを、つきとめてもらえない？」

「あの、やってみます」

どうやらリビーは魔法《まほう》について重大な事実を知らないらしい、とルーシーは思った。もし鍵《かぎ》の魔法のルールを知っていたら、七歳《さい》の弟に鍵を持たせるようなまねをしたはずがない。七歳の男の子がなにも考えずにドアの下をくぐって廊下《ろうか》を離《はな》れ、体がどんどん大きくなり、姉がいないのでミニサイズにもどれなくなったら？　美術館で、お姉ちゃん、とひとりきりで泣くしかない——。

ソーン夫人のいうとおりだ、とルーシーは痛感した。ゆゆしい、危険な行為《こうい》だ！

「あの、お伝えしなければならないことがあります」ルーシーは切りだした。

「なにかしら？」

「体をちぢませる魔法が効くのは女の子だけなんですけど、ご存知でしたか？」

リビーは意味がわからず、ふたりを見つめた。「えっ、でも……」

「男の子は、女の子と手をつないでいるときだけ体が小さくなるんです。もし鍵をどこかに置いて離《はな》れたら、ひとりでに元の大きさにもどっちゃうんです」

と、ジャックが説明する。

「ええっ……つまり……」リビーはまたのどをつまらせてから、やっとのことで声をしぼりだした。「オリバーは、迎えに来なかったんじゃなくて、来られなかったってこと？」

ルーシーもジャックもうなずいた。

「ああ、なんてこと……。お願い、オリバーをぜったい見つけて！」


アルバイト先の骨董店《こっとうてん》に行ったら、ミセス・マクビティーは来客中だった。ルーシーとジャックは倉庫に入ったが、仕事が手につかなかった。

「Ｅ４の部屋の命をふきこむアイテムってなんなの？　ああ、もう、気になる」ルーシーは箱の上に座《すわ》った。「いままでだと、アイテムを動かした瞬間《しゅんかん》、どの部屋も死んじゃったのよね」

「うん、Ｅ９の壺《つぼ》を動かしたときみたいに。持ちあげただけで、タイムトラベルできなくなったよな」

「でも、その昔、リビーとオリバーが入ったとき、部屋は生きてたのよね。だけど、そのあと部屋が死んじゃったのは――」

「〈部屋に命をふきこむアイテム〉をオリバーが部屋の外に持ちだしたからだ！」ジャックがルーシーの話を先まわりしていった。

「うん、たぶん。リビーに魔法《まほう》の鍵《かぎ》と金の指輪を見せたとき、あんなに点滅《てんめつ》したのは、きっとそれと関係あるのよ」

「ん？　どういうこと？」

「つまりね、鍵と指輪は、本来は〈部屋に命をふきこむアイテム〉じゃないけれど、アイテムがなくなっちゃったから、その代わりをしてたってこと。鍵と指輪は、あたしたちにリビーを見つけてもらいたかったのよ。それが鍵と指輪の使命だったたってこと」

ジャックは、考えこみながらうなずいた。「なるほど……。鍵と指輪は、いま、どうなってる？」

ルーシーはバッグからとりだし、手のひらにのせて、ジャックとふたりで見つめた。ふたつとも同時に点滅しているが、ベルトン・ハウスで見た光のショーとくらべると、だいぶおとなしい。「スイッチは入ってるけど、省エネモードって感じだなあ……。あとひとつ、気になることがあるんだけどさ。Ｅ４は一六八七年の部屋なのに、おれたちが一七二六年の世界にたどり着いたのは、リビーがあの世界に四十年くらいとじこめられていたせいかな？」

「うん、きっとそうよ。計算があうもの」

店のドアがしまる音がしたので、ふたりとも表の部屋に飛びだし、同時に叫《さけ》んだ。

「あたしたち、行方不明者をさがすことになったんです！」

「おれたち、行方不明者を見つけたんです！」

「おやおや、なにがあったんだい？　なにを見つけたんだい？」

ミセス・マクビティーはふたりを座《すわ》らせ、それぞれに総菜店から買ってきたサンドイッチをわたした。

「食べ物なんて、のどを通らないわ」と、ルーシー。

いっぽうジャックはさっさと包み紙をはがしてほおばり、その合間に、新聞記事で読んだ行方不明の少女について調べに行ったらなんと本人を見つけたのだ、と話した。

ルーシーもつけくわえた。「少女といっても、いまは五十代ですけど。行方不明になってからずっと、過去の世界で生きてきたんです」

さらにジャックが説明する。「Ｅ４に入ったとき、とりみだしはしませんでしたよ。昔のこともどんどん思いだしたし。でもギャラリーのガラス窓をふしぎがったり、ミニチュアルームの外の廊下《ろうか》に連れだしたときは、めんくらってました」

「それは、たぶん、再展示のせいじゃないかねえ」

と、ミセス・マクビティーがいうので、ルーシーはききなおした。

「えっ？　再展示って？」

「一九八〇年代まで、ミニチュアルームは美術館の別の場所に置いてあったんだよ。階段の下の、へんぴな暗い場所にね」

「そうだったんですか。いつ移動したんですか？」

「正確なことはわからないんだけれど、大半の部屋は何年間も倉庫にしまわれたままだった。再展示が決まった時点で、ジオラマに変更《へんこう》が加えられたのかもしれないねえ」

「じゃあ、一九七七年当時のミニチュアルームの廊下の風景は、いまとはぜんぜんちがってたのかな。11番ギャラリーにはなかったとか？」

というジャックの問いに、ミセス・マクビティーはうなずいた。

「ああ、そうなるねえ」

「あたしたち、別れぎわに、弟のオリバーを見つけてくれって懇願《こんがん》されたんです。なんとしても見つけなくちゃ！　いまは四十代よね」ルーシーはきっぱりといった。

「いいかい、もしご本人を見つけられたら、くれぐれも慎重《しんちょう》に説明するんだよ」ミセス・マクビティーがふたりに忠告する。

「そのことなんですけど……あたし、キャロラインに助けてもらおうかなって」

キャロライン・ベルは幼《おさな》いころに母親を亡くし、さびしさをまぎらわすためにミニチュアルームに入りこんで冒険《ぼうけん》していた。しかし写真家だった父親の大切なアルバムをミニチュアルームにうっかり置きわすれてきたために、父親に写真家への道をいったんあきらめさせることになったのだった。魔法《まほう》のおかげでわくわくする冒険をしたが、つらい体験もしたキャロラインなら、きっと頼《たよ》りになる。

「おっ、それは名案だ！」と、ジャック。「きっと信じてもらえるよ。おれなら、ぜったい信じるね。説明するときは、いっしょに来てくれってお願いしよう」

ルーシーはようやくほっとして、サンドイッチを一口かじった。「うん。オリバーを見つけられたらね」

12

オリバー

「オリバー・ブラウン……同姓《どうせい》同名がこんなにいるとはなあ」と、ジャックはうめいた。

ふたりはジャックの家で人さがしにとりかかったのだが、オリバー・ブラウンという名前をインターネットで検索《けんさく》したら、なんと数百件もヒットした。

「まだシカゴに住んでいるかどうかもわからない。アラスカに住んでいてもおかしくないぞ」

「うーん、さがしだすのは無理かも」

ルーシーは早くも不安になってきた。ミニチュアルームの世界と同じように、デジタルの世界も無数の時間、無数の空間とつながっている。そこから、どうやってたったひとりのオリバー・ブラウンをさがしだせばいいのだろう。「ミドルネームのイニシャルがわからないのがつらいわね。それがわかれば、あるていど人数をしぼれるのに。リビーさんにききに行く？」

「そうだ！　出生欄《らん》！」ジャックが叫《さけ》んで検索をかけ、数分後にまた叫んだ。「ビンゴ！」

一九七〇年三月三日付の新聞のシカゴ市内の出生欄に、めあての記事がのっていた。

『オリバー・ザカリー・ブラウン。マジョリーとロバート・ブラウン夫妻の息子として、午前十時四十二分に三六九〇グラムで誕生。姉はレベッカ・リリー（8）』

シカゴ市内にしぼって検索したところ、「オリバー・Z・ブラウン」は五人いた。その五名をさらに検索したところ、驚《おどろ》くほどの情報を得《え》られた。五人中ひとりは写真からアフリカ系アメリカ人とわかったのでリストからはずした。リストが短くなり、ルーシーはほっと胸をなでおろした。

残る四人は、教師、企業《きぎょう》のCEO（最高経営責任者）、アーティスト、会計士とわかった。次にリストからはずれたのは、アーティストのオリバー・ブラウンだった。本人のHPの自己紹介《しょうかい》欄に「六人兄弟の長男」と書いてあったからだ。

教師は若すぎたので、リストからはずした。CEOのオリバー・ブラウンはビジネス街の本社が職場で、ネットで写真が見つかった。年齢《ねんれい》的にはぴったりだ。リビーにあまり似てないが、血がつながっていないとはいいきれない。会計士のオリバー・ブラウンはサウスループに事務所をかまえている。ネットで写真が見つからなかったので、やはり候補者のままだ。

「二時間のリサーチの成果としては悪くないね」と、ジャック。

「明日、キャロライン・ベルに電話しようよ」

ルーシーは、ジャックの母親が焼いてくれたサクサクのクッキーをかじりながら、〝オリバー・ブラウン〟になんていおうかと考えた。

キャロライン・ベルは、木曜日の昼前、ミセス・マクビティーの店の前でルーシーとジャックを車でひろい、オリバー・ブラウンの会計事務所へと向かった。CEOのオリバー・ブラウンはリビーに似ていないので、先に会計士のオリバー・ブラウンに会うことにしたのだ。医師のキャロラインはこころよく協力してくれ、病院を抜けだせる時間帯にオリバーの会計事務所に電話で予約を入れてくれた。

キャロラインはふたりに忠告した。「いい、細心の注意をはらうのよ。オリバーさんの心の傷は古くて深いんだから。どんな反応を見せるか、予想がつかないわ」

ルーシーは窓の外をながめながら、オリバーと引きはなされてからのリビーは十八世紀でどんな人生を送ってきたのだろう、と想像をめぐらした。

灰色の金属とガラスでできた特徴《とくちょう》のないオフィスビルに到着《とうちゃく》し、案内板を見た――〈15階オリバー・Z・ブラウン会計事務所〉。

エレベーターの先は長い廊下《ろうか》で、めあての部屋はつきあたりにあった。キャロラインがドアをあけ、ルーシーとジャックはついていった。

受付係がコンピュータから顔をあげた。「いらっしゃいませ」

「こんにちは。キャロライン・ベルと申します。ブラウンさんに予約しているんですが」

受付係は立ちあがった。「どうぞ、こちらへ」

オリバー・ブラウンのオフィスに入ったら、本人が立ちあがってあいさつした。

ルーシーは、当たりかどうか自信がなかった。目の前の男性は、目元はリビーに少し似ているかも。でもリビーは白髪《しらが》がめだつが、この人の髪《かみ》はまだ黒い。

キャロラインは自己紹介《しょうかい》をし、ルーシーとジャックは知りあいで、会計士の仕事について知りたいというので連れてきたと説明すると、オリバー本人の情報をさぐる糸口として会計士の仕事について質問しはじめた。

ふたりがしゃべっているあいだに、ルーシーは手がかりをもとめてあたりを見まわした。オフィスは整然としていて、紙が一枚もずれていない。壁《かべ》は白。飾《かざ》りはシカゴのウォータータワーの額入り写真のみ。家族写真はおろか、ペットの犬や猫《ねこ》の写真もなく、結婚《けっこん》指輪もはめていない。

オリバーの背後の書棚《しょだな》には、会計学の本とビジネス書が実用的な金属のブックエンドではさんである。そばに、うす緑色の見慣れない物があった。両端《りょうたん》がふくらんだ、背中をかくミニサイズの孫の手のような品だ。オリバーのつくえにはコンピュータと電卓《でんたく》が一台ずつ、きちんとならべられた数十本のとがった鉛筆《えんぴつ》と電動鉛筆けずり、ピラミッドの形をした真鍮製《しんちゅうせい》のペーパーウェイトとペーパーナイフ――。

ジャックがルーシーの足を軽く蹴《け》り、意味ありげにピラミッドのペーパーウェイトを見た。ほら、当たりだ！

税法についての話が一段落したところで、ジャックが口をはさんだ。

「すてきなピラミッドですね。どこで手に入れたんですか？」

「ああ、それかい？　子どものころ、フィールド自然史博物館でツタンカーメン財宝展があってね。姉におみやげに買ってもらったんだよ」

今度はルーシーがジャックをこづく番だった。ああ、もう、がまんできない！

キャロラインは絶好のタイミングを見のがさなかった。

「フィールド自然史博物館？　うちの父はその近くのシカゴ美術館で働いていたんですよ。わたしも、子どものころは美術館に入りびたってました」

オリバーはなにもいわず、ピラミッドの形をした真鍮製のペーパーウェイトをひたすら見つめていた。さらに大切な宝石であるかのようにそっと持ちあげ、長いあいだ見つめると、また税法の話にもどった。

オリバーがピラミッドのペーパーウェイトをつくえにもどすとき、元の位置ぴったりに置いたことに、ルーシーは気づいた。つづいてオリバーは鉛筆の位置をなおした。鉛筆のとなりはペーパーナイフだ。

――そう、ペーパーナイフ！

最初は気づかなかったが、あらためてよく見ると、博物館のおみやげとは思えない上質の品だ。年代物で、つくえの上のくすんだ品々とはあきらかにちがう。

「きれいなペーパーナイフですね」オリバーが緊張《きんちょう》するのがわかったが、ルーシーはかまわず手にとった。「どこで手に入れたんですか？」

「えっと、それは……昔からあったんだよ。まあ、その……家宝でね」

オリバーの答えはあやふやで、ルーシーと視線があうと目をふせた。

ルーシーは、ペーパーナイフをじっくりと観察した。アーサー王の魔法《まほう》の剣《けん》エクスカリバーのような形をしたミニサイズの短刀か剣。鋼のとがった切っ先が光を反射し、彫刻《ちょうこく》のほどこされた柄《つか》と刀身との境目では、乳白色のムーンストーンが虹色《にじいろ》に輝《かがや》いている。長さは二十センチ強。ルーシーはマークを見つけていった。「イギリスの純銀製。すごく古い品ですね」

「ルーシーとジャックは、夏のあいだ、骨董店《こっとうてん》でアルバイトをしているんですよ」と、キャロラインが説明する。

「たぶん十七世紀後半の品ですね。気になるんです、これ。なんとなく、どこかで見かけたような……」

というルーシーの言葉に、オリバーはすくみあがり、声をなくした。

キャロラインはオリバーに声をかけた。「あの、だいじょうぶですか？　水でも持ってきましょうか？」

「い、いえ、けっこう」オリバーはどもり、咳《せき》ばらいをした。「ええっと、どこまで話しましたっけ？」

キャロラインが税控除《こうじょ》の話だと答える。ルーシーはどうやって話題をもどそうかと考えた。

そのとき、ひざがあたたかくなるのを感じた。魔法《まほう》の鍵《かぎ》とふたつの指輪を入れたななめがけバッグをのせていたのだが、その布地から熱がつたわってきたのだ。

かばんに手をつっこんだが、鍵と指輪を見つける前に、バッグからまばゆい光がもれてきた。右手で魔法の鍵と金の指輪をつかんだら、左手に持ったペーパーナイフもあたたかくなった。

と――とつぜん、左手のペーパーナイフが閃光《せんこう》を放った。さすがにかくしきれなくなり、ルーシーは鍵と指輪をはなして、バッグから手を引きぬいた。

ペーパーナイフはまだ熱をおびていたが、光は弱くなった。とはいえ、ごまかせない。

「い、いまのは……？」と、オリバー。

ルーシーは魔法の鍵とふたつの指輪をとりだした。その瞬間《しゅんかん》、ベルトン・ハウスでリビーが目撃《もくげき》した光のショーがまた始まった。

魔法の鍵と金の指輪が点滅《てんめつ》するさまを、オリバーは驚愕《きょうがく》してながめた。「これは、いったい……？」

「これ、見たことがありますか？」

と、ルーシーは魔法の鍵とふたつの指輪をオリバーのほうへさしだした。

オリバーは首をふったが、その視線は鍵と指輪を素通りし、遠くでも見つめているようにうつろだった。

「本当に？」と、ジャック。

オリバーは表情を変えず、ルーシーとジャックがそこにいないかのように、キャロラインだけを見ていった。

「続きは次回にしませんか。この……いたずらのせいで、気が散ってしまって」

「ルーシー、それはバッグにしまったほうがいいわ」と、キャロラインが静かにいう。

オリバーが立ちあがった。口を引きむすび、くちびるの上に小さな汗《あせ》の玉がふきだしている。

ルーシーは鍵《かぎ》とふたつの指輪をバッグにしまい、光が弱まりつつあるペーパーナイフを元の位置にぴったりともどした。

「秘書に次のアポイントをとってください」

たったいま、ふしぎなできごとが起きたのに、オリバーはなにごともなかったかのようにキャロラインにつげた。

「わかりました」

キャロラインはそう答えて、ルーシーとジャックを連れて出ていこうとし、ふとふりかえっていった。

「じつはわたしのオフィスにも、昔からずっと、ある物があったんです。美しいアンティークの銀の箱。どこで手に入れたのか、まったく記憶《きおく》になかったんですが、その謎《なぞ》をルーシーとジャックが解き明かしてくれたんです」

オリバーはきょとんとしていた。だが、その顔に一瞬《いっしゅん》、痛みか悲しみのようなものがよぎったのを、ルーシーは見のがさなかった。オリバーはすぐに目をふせてしまった。

ルーシーたちは無言でオフィスを出て、エレベーターへと向かった。

玄関《げんかん》ロビーまで下りてから、ジャックが口をひらいた。

「まさか、こんなことになるなんて」

「わたしがひとりで行ったほうがよかったかもしれない。おそれていたことが現実になってしまったわね」

回転ドアを通りぬけ、駐車場《ちゅうしゃじょう》へと角を曲がりかけたそのとき、背後で大声がした。

「おーい、待ってくれ！　すまなかった」と、オリバーが息を切らしながら追いかけてきた。「どこかで話ができないかい？」


ミセス・マクビティーはドアの札を〈閉店〉に引っくりかえした。

キャロラインは、少女時代に体験した魔法《まほう》についてオリバーに説明してから職場にもどった。

ミセス・マクビティーも、自分が体験した魔法についてオリバーに語った。オリバーはぼうぜんとしつつ、ふたりの話に熱心に耳をかたむけていた。

ルーシーとジャックは魔法の鍵を見つけて、その魔法で体がちぢむことを発見し、ミニチュアルームがタイムトラベルの出入り口になっていることもつきとめたのだと説明した。

さらにルーシーは、A2の部屋で指輪を見つけ、その結果E4〈ベルトン・ハウスの部屋〉へ行くことになったいきさつも説明した。「以上が、あたしたちの体験談です」

オリバーは無言で、ひたすらピラミッドとペーパーナイフをきつくにぎりしめていた。居心地のよい店内でただひとり、体をこわばらせて座《すわ》っている。

そのオリバーもついに身を乗りだした。

「じゃあ、きみたちは、ベルトン・ハウスのミニチュアルームからタイムトラベルしたというのかね？　そのとき、だれかに会わなかったかい？　ベッキーという名の女性に？」

「はい、会いました」と、ルーシー。

オリバーはごくりとつばを飲みこんだ。

「ベッキーは……その……」

「お元気でしたよ」ジャックが安心させるようにいった。「で、あなたを見つけてくれって、頼《たの》まれたんです」

ルーシーとジャックは注意深く、言葉を選んでゆっくりと、リビーことベッキー・ブラウンの人生についてオリバーに語った。急ぎすぎて動揺《どうよう》させたくはなかった。

聞きおえたオリバーの体から、ふっと力が抜けるのがわかった。オリバーがいった。

「長かったよ。四十年近くたってしまった……。あの日は、すごくわくわくしたのをおぼえているよ。ツタンカーメン王の財宝展を見に行ったんだ。わたしは七歳《さい》でね。ミイラと金《きん》にすっかり目をうばわれた。そのあと、姉のベッキーにシカゴ美術館に連れていかれてね。次にどうしたかは、よくおぼえていないんだ。ベッキーに目をつぶるようにいわれて、手を引かれたんだと思う。で、気がついたら、巨大《きょだい》で暗い場所をふたりで走っていた。そのあと、なにかをのぼりはじめた。壁《かべ》に間隔《かんかく》をあけて刺《さ》した巨大な押《お》しピンのようなものだったなあ。つかんで、足を乗せられるようになっていた。のぼるのは大変だったが、ベッキーに下を見るなといわれてね」

「スッゲー！」と、ジャック。

「そのあと、木製の枠《わく》のようなものを通りぬけて、おしゃれな部屋に入ったんだ」

オリバーが姉と冒険《ぼうけん》をした日について語るのを、ルーシーたちは二時間ほど聞いていた。オリバーはほかのミニチュアルームにも少し立ちよって翡翠《ひすい》の彫刻《ちょうこく》をポケットに入れたのを思いだし、「まだ、持っているんだが」と、ばつが悪そうにつけくわえてから、つづけた。「あのとき、姉がポケットに入れていた古い鍵《かぎ》とふたつの指輪を見せてくれって、しつこくせがんだんだよ。とくにムードリングには興味しんしんでね」

オリバーは姉とともにE４に行き、ドアからテラスへと出た。そのときはタイムトラベルをしたとは夢にも思っていなかった。オリバーは〝たいくつな古屋敷《ふるやしき》〟には興味がなく、ひとりでテラスからE４へとかけもどって、つくえの上にペーパーナイフがあるのに気づいた。「てっきり短刀だと思ってね。どうしてもほしくなって、つかんで部屋の外に走りでたんだ」

そのペーパーナイフこそ、E４の〈部屋に命をふきこむアイテム〉だったのだ！

ルーシーはオリバーにたずねた。

「E４から、ほかにもなにか、持ちだしました？」

「いや、ペーパーナイフだけだよ」オリバーは、いいわけがましく答えた。「本当にそれだけだ。そのあともムードリングをいじりながら部屋をのぞいてまわったんだが、そのうちリングにも飽《あ》きて、どこかの部屋の箱の中に入れたんだ。宝石箱のように見えたんでね。たしか、もうひとつの指輪も同じ箱に入れたんじゃなかったかな」

ルーシーはジャックの視線を感じ、かすかにうなずいてみせた。

オリバーはさらにつづけた。「そのあとは姉を待ちながら走りまわり、部屋の裏側にあった木枠《きわく》をサルのようにのぼろうとしたんだ。かなり高い位置にある水平な出っ張りに立っていたのをおぼえているよ。下をのぞいて……それで……」

オリバーは言葉につまり、少しのあいだ、しゃべれなくなった。

「あの、それで？」と、ルーシーがうながす。

「はるか下まで……落ちるのにどのくらいかかるのかと思って……姉の鍵《かぎ》を落としたんだ。魔《ま》法《ほう》の鍵とは知らずに……。チリンという音がしたのをおぼえているよ」

「そのあと、どうなったんです？」ジャックがたずねた。

「いくら待っても姉は迎《むか》えに来てくれなかった。お腹がすいて、寒くて、疲《つか》れてしまってね。巨大《きょだい》な押《お》しピンをたどってなんとかおりて、ドアの下をくぐったよ。えんえんと泣きながらね。美術館は人気《ひとけ》がなかったし、とてつもなく大きく見えたんだよ。体がちぢんだままだったので、目がまわって、なにがなんだかわからなくて……。そのうち、ひとりでに体が大きくなっていったんだ。おそろしくて、ぞっとしたよ」

「かわいそうに」と、ミセス・マクビティー。

「姉を呼びながら泣いているところを警備員に発見されてね。警察がやってきて、いろいろ質問されたが、わたしの答えは意味不明だったと思うよ」

「お姉さんのいる場所に、もどろうとしなかったんですか？」

というジャックの問いに、オリバーは大きなため息をついた。

「ああ、何百回ももどったよ。あの部屋をながめに何百回も。ひょっとして、もしかしたらと期待して。なにを期待していたのか、自分でもよくわからないんだが」と、首をふる。「ひとつ教えてもらえないかい。姉は元気なら、なぜもどってきてくれないんだ？」

ルーシーは、姉のリビーがもどれなかった理由をオリバーにつげなければならないのをずっとおそれていた。

自分とジャックがぐうぜん鍵《かぎ》を見つけ、その魔法《まほう》を知るようになったいきさつを明かしてから、魔法で体がちぢむのは女の子が鍵を持ったときだけなのだとルーシーは静かに説明した。

「そのことはお姉さんも知らなかったんです」と、ジャックが早口でつけくわえた。「〈部屋に命をふきこむアイテム〉のことも」

オリバーがとまどっているので、ジャックはアイテムについてさらに説明した。

「〈部屋に命をふきこむアイテム〉っていうのは、部屋をタイムトラベルへの出入り口にしている品なんです。そのアイテムが部屋にないと、出入り口がとじちゃって、タイムトラベルできなくなるんです……部屋にアイテムをもどさないかぎり」

オリバーはゆっくりとうなずいて、ペーパーナイフをポケットからとりだし、目に涙《なみだ》をためて見つめた。

ルーシーもジャックと永遠に離《はな》ればなれになりかけたことがあり、わずかな時間でもタイムトラベルの出入り口が消えたときの底なしの恐怖《きょうふ》を知っていた。

こんな悲劇は二度とくりかえしてはいけない、とルーシーは強く思った——どうやって防げばいいのかは、まだわからないけれど。

そのとき、オリバーが別のポケットからある品をとりだした。ルーシーがさっきオフィスで書棚《しょだな》にあるのを見た品だ。あらためて見ると翡翠《ひすい》で、色は濃淡《のうたん》のある緑色。表面に凝《こ》ったうずまきと細かい花柄《はながら》が彫《ほ》ってある。

「これも、きみたちにわたしたほうがよさそうだ」

「あの、なんですか、これ？」

というルーシーの問いにオリバーは首をふった。

「さあ。中国の部屋からとってきたんだ」

ルーシーの問いに答えたのはミセス・マクビティーだった。

「それは如意《にょい》。笏《しゃく》みたいなものだよ。中国では伝統的な幸運のシンボルとされてるんだ。如意というのは、〝意のままに〟という意味。かなり古そうな品だねえ」

とつぜんオリバーがはっとした。

「ひょっとしてこれも、〈部屋に命をふきこむアイテム〉だとしたら……。ああ、もうしわけない」

しばらく沈黙《ちんもく》が流れた。ルーシーは、店の正面の窓までつづく古書のつまった壁《かべ》ぎわの長い書棚《しょだな》を見つめた。午後の熱い日差しが、宙を舞《ま》うほこりを浮《う》かびあがらせている。

ようやくオリバーが口をひらいた。

「なぜ姉を連れもどしてくれなかったんだい？」

「先にあなたを見つけてほしいって頼《たの》まれたんです」

リビーは子どもたちのために向こうの世界に残る気ではないか、とルーシーはうすうす感じていたが、いわないでおいた。

「また姉と会う予定はあるのかい？」

ルーシーはうなずいた。

「あなたを見つけたと報告しに行くつもりです」ジャックもつけくわえる。

「できれば、わたしもいっしょに行きたいんだが。魔法《まほう》はわたしのような者にも効くのかな？」

「はい、だいじょうぶです」と、ルーシーは答えた。

13

わけあり

バスに乗りこみながら、ジャックがいった。

「なあ、一九七七年以降の世界のできごとをあげてみようぜ」

金曜の午前中。ラッシュアワーはすぎていたので、ルーシーはジャックととなりあって座《すわ》れた。

ジャックが先にいった。

「エルビス・プレスリーが死んだ。『スター・ウォーズ』シリーズの一作目が公開され、アメリカから初の女性宇宙飛行士が宇宙に行き、パソコンが登場し、アメリカの大統領はぜんぶで六人。そのなかのひとりはアフリカ系アメリカ人として初の大統領になったバラク・オバマ。クローン羊が誕生し、九一一のテロ事件が起きて、インターネット、ケータイ、テレビゲームがあたりまえになって、火星をロボットが探査《たんさ》して……ほかにも、ほんと、いろいろあるよな」

リビーが過去へタイムトラベルした一九七七年以降、本当にいろいろありすぎて、ルーシー

はめまいをおこしそうになった。

「リビーは本当に元の世界にもどりたいのかしら？」

「弟と再会したらわからないぞ。オリバーさんとは何時に待ちあわせだったっけ？」

「午後の一時」

「じゃあ、まだ時間はたっぷりあるな」

オリバーと落ちあう前に、まずは中国のミニチュアルームに立ちよって、如意《にょい》をもどす予定だった。ルーシーは悪い想像をふくらませないように気をつけていたが、やはり妄想《もうそう》してしまった。もし如意が中国の〈部屋に命をふきこむアイテム〉だとしたら、はるか昔の中国にだれかをとじこめているかも——。如意はかならず中国の部屋にもどさなくちゃ！

そのあと、オリバーと合流する前に、リビーに会いに行くつもりだった。約四十年ぶりに弟と再会することになると事前につげて、心の準備をさせておくのだ。リビーを驚《おどろ》かせるのだけは——とくにブラウンロウ家の子どもたちの前で驚かせるのだけは——さけたかった。

ルーシーは心がざわついていた。リビーとオリバーの身の上話を聞いてからは、不安でたまらない。リビーとオリバーは、魔法《まほう》のルールについて知らなかったせいで、思いもよらぬ悲劇に巻きこまれてしまった。ルーシーとジャックが災難に巻きこまれなかったのは、たんに幸運だっただけ？

　むずかしい顔をしていたにちがいない。ジャックがたずねてきた。「ん？　どうした？」

「あたし、初めて鍵《かぎ》を見つけたときは、楽しい大冒険《だいぼうけん》ができるとしか考えなかった。でもね、いまはすごく危険な気がするの。どんな予想外のできごとが起きるか、わからないし」

「うん、わかるよ。タイムトラベルって、どこにどんな仕掛《しか》けがあるかわからない場所を歩くようなもんだよな。鍵に使用説明書があればいいのに」

「子どものときのオリバーさんが廊下《ろうか》に落としたあと、鍵はどうなったのかな。オリバーさんは二度と見てないのよね。で、次に使ったのは、キャロライン」

「おれたちが知っている人のなかでは、だけどな」

「ねえ、もしジャックが一八六七年の靴《くつ》をはいていたら、リビーはあたしたちが現代の人間だと気づかなかったのよね。そうしたら、あたしたち、真実にたどりつけなかったかもしれない」

　ジャックは自分の足元に視線を落とし、首をふった。

「どの時代でも、靴だけはぜったい、ちぐはぐなんだよな」

　11番ギャラリーに到着《とうちゃく》したら、団体客が一組いるだけで、それほど混んでいなかった。ルーシーとジャックは、ギャラリー中央のアメリカコーナーへぶらぶらと近づいていった。

団体客のガイドの声が遠くなったので、ルーシーは角からのぞいてみた。

「うん、いなくなった。行こう」

魔法《まほう》の鍵《かぎ》でミニサイズになり、数分後にはE30の中国の部屋に到着した。

E30には、庭や町の風景が見える窓はない。木枠《きわく》のすきまから入ったら、ギャラリーからは見えない奥《おく》の隅《すみ》に出た。

それでもルーシーは部屋が生きているのがわかった。顔や手足にあたる空気の感じ、光と温度の微妙《びみょう》な変化やふしぎなにおいから、この部屋が別の時代とつながっているのがわかる。深く息を吸って、思った――知らなかったとはいえ、だまって持ってきてしまった如意《にょい》が〈部屋に命をふきこむアイテム〉じゃなかったとわかったら、オリバーさん、ほっとするだろうな。

あとは如意を置く場所を決めるだけだ。カタログで如意を見たおぼえがなかったので、引き出しの中とか、ギャラリーの観客からは見えない場所に置くのがいちばんいいだろう。

14

粘着シート

「まだ時間はあるよな」

ジャックはそう声をかけ、ルーシーがＥ４の手前の下枠にはしごをかけているあいだ、ミニサイズのまま、暗くて短い廊下《ろうか》をぶらついていた。ところがルーシーが作業を終え、ミニサイズになろうとしたそのとき、ジャックのわめき声がした。

「た、助けてくれ！」

ルーシーはＬ字型の廊下の角を曲がってかけつけた。

暗くて見えないが、とっさにクモがいるのかと思った。ジャックは前にもクモの巣に引っかかったことがあるのだ。

ようやくジャックが両腕《りょううで》をふっているのが見えた。下半身は歩いている最中にかたまってしまったようだ。

「どうしたのよ？」

「虫の駆除《くじょ》シート！　足が！　くっついた！」

ルーシーは、よく見ようとしゃがみこんだ。

縦《たて》六センチ、横四センチの平たい粘着《ねんちゃく》シートがあった。ミニサイズのジャックには浴槽《よくそう》の大きさだ。粘着シートもプラスチックの枠《わく》も黒く、暗い廊下《ろうか》の闇《やみ》にとけこんでいる。シートには、ハエが二匹《ひき》はりついていた。

「よし、靴《くつ》を脱《ぬ》ぐ」

「靴がないとこまるわよ。靴なしで美術館の中を歩けないでしょ」

だがルーシーがしゃべっているあいだにも、ジャックはかがみこんでバランスをくずし、ぶざまに尻《しり》もちをついた結果、なんと尻まではりついてしまった！

「うわっ！　うーん、まだ手は動かせるぞ」と、きまり悪そうにいう。

「じゃあ、引っぱってみるね」

ルーシーが、ジャックの体を親指と人差し指でつまんで持ちあげようとする。ジャックは悲鳴をあげた。

「ううっ！　あばら骨が折れる！」

「ごめん」

引っぱっても、ジャックといっしょに粘着シートも持ちあがるので、意味がない。

「おれの体をデカくして、強引に引きはがすしかないんじゃないか」

「わかった。そうするね」

ルーシーは鍵《かぎ》まで走って体をちぢめ、すぐにジャックの元へかけもどった。

ところがルーシーが近づいた瞬間《しゅんかん》、ジャックが叫《さけ》んだ。「ゲッ！」

暗がりから一匹《ぴき》のムカデがすべり出て、シートにはりついたのだ。無数にある足の五本がくっついただけだが、ムカデは身動きがとれなくなり、体をおぞましげにくねらせている。ルーシーはまともに見ていられなかった。

「ルーシー、は、早く！」ルーシーはジャックの手をにぎり、鍵を放りなげた。大きくなったジャックの靴がバリバリとはがれた。尻の下の粘着シートも勢いよく引っぱられ、ムカデが凧《たこ》のしっぽのように大きくゆれる。

ジャックは元のサイズにもどると、右の靴の端《はし》にかろうじてはりついていたシートを引っぱってはがした。それでも靴底《くつぞこ》がガムでもくっついたように少しべたつき、歩くたびにかすかに音を立てる。「ごめんな、ルーシー」

「とりあえず、はがれてよかった。さあ、行くよ」

ほどなくふたりははしごをのぼり、Ｅ４にたどりついた。

Ｅ４のドアはついたての真後ろなので、部屋の中にすべりこんで、ついたての裏に置いておいた衣装を服の上から着ることができた。ルーシーはついたての裏から顔を出し、だれも見ていないことをたしかめると、バッグからペーパーナイフをとりだした。

「これを書き物づくえの上に置こう」

ふたりは部屋をつっきり、銀のペーパーナイフをつくえの上に置いた。その瞬間《しゅんかん》、ペーパーナイフがきらめき、チリンチリンという魔法《まほう》の音があたり全体に鳴りひびいた。窓から見える光景が平べったいジオラマから生き生きとした映像に変わり、緑の葉が陽光を反射した。

「これで、この部屋はずっと生きてるわ。魔法の鍵《かぎ》と金の指輪がなくても」ルーシーは満足げにいった。

太陽の位置からすると昼前らしい。ジャックが時計で時間をたしかめ、ふたりともテラスに出た。

「リビーがすぐに見つかるといいんだけどな」

「まずはお屋敷《やしき》に行って、さがしてみない？」

そのとき、「その必要はないわ」と、リビーがレンガの壁《かべ》の影《かげ》からあらわれた。「こんにちは」リビーはにこやかに笑い、ふたりを抱《だ》きしめた。

「あの、どうしてこんなに早くここに？」ルーシーがリビーにたずねる。

「すぐそこで子どもたちと読書をしていたの。あなたたちと話をしてからは、毎日来ているのよ。早くもどってこないかなと思って」

リビーの声には、喜びとほっとした気持ちがこもっていた。

「ついさっき、タイムトラベルの気配を感じたの。ふしぎな感覚よね。ぞくぞくっとする感覚。で、来てみたら、大当たり！」

「ブラウンロウ家の子どもたちは、ここが見えるんですか？」

「いいえ、見えないみたい。でも、すぐにもどらないと。オリバーは見つかった？」

「はい！」と、ルーシーが答え、

「会いたいそうです」と、ジャックもつけくわえた。

「あと二時間くらいしたら本人を連れてくるので、先にお知らせしておこうと思って。二時間後、ここに来られます？」

「もちろんよ！」リビーは両手をにぎりしめ、目をうるませた。「オリバーは……ううん、いいわ。

ききたいことは山ほどあるけれど、あとで直接、本人にきけるものね！」リビーはふたたびふたりを抱《だ》きしめ、「そろそろ、もどるわね」といって、レンガの壁《かべ》の角を曲がり、もどっていった。

「なんか、あっけなかったね」

ルーシーはそういって、ジャックとともにE４にもどった。ついたての裏で衣装を脱《ぬ》ぎすて、廊下《ろうか》に出ようとして、ふと足をとめる。

「ねえ、ためしてみたいことがあるんだけど」

初めてE４に入った数日前、〈部屋に命をふきこむアイテム〉のペーパーナイフがなかったのに、なぜ部屋が生きていたのか、ルーシーはつきとめたかった。そこでジャックとともに、金の指輪と魔法《まほう》の鍵《かぎ》をいろいろ組みあわせて実験してみた。

その結果、E４の部屋はペーパーナイフがなくても、金の指輪と魔法の鍵がそろっていれば生きていることがわかってきた。

「へーえ、ふしぎだよな」

「きっと魔法の鍵は、本来はアイテムじゃない物をアイテムに変えて、部屋に命をふきこむ力があるのよ。物は限定されると思うけど」

もしあのとき、ベルトン・ハウスでブラウンロウ家の子どもたちに金の指輪をわたしていたら――。ルーシーは身ぶるいした。もし指輪と鍵をばらばらにしていたら、タイムトラベルの出入り口はとじてしまっただろう。ルーシーとジャックも永遠に理由がわからないまま、過去の世界にとじこめられたにちがいない。

ソーン夫人の手紙の言葉が、録音された音声のようにルーシーの頭の中で再生された――〈ゆゆしき事態。危険な行為《こうい》です〉

「ルーシー、ほかにためしたいことはある？」

ううん、と答えようとしたそのとき、ふたりの男性の声が聞こえた。内容まではわからなかったが、保守点検用の廊下から聞こえてくる！

「早く！」

ジャックがあわててルーシーの横を通りすぎ、Ｅ４の部屋から木枠《きわく》の中へかくれた。

ルーシーもジャックを追いかけようとしたが、右足をＥ４から木枠へ出したとたん風がふきつけ、足に違和感《いわかん》をおぼえた。あっ、元のサイズにもどりかけてる！

間の悪いことに、いま、魔法の鍵とペーパーナイフは、Ｅ４の外の下枠に置きっぱなしになっていた。ペーパーナイフがなくても部屋が生きている理由を知りたくて、実験をしている最中だったのだ。

とっさに部屋の中に足をひっこめ、部屋の出口にたたずんだまま、ふりかえったジャックにささやいた。

「あたし、大きくなっちゃう。魔法《まほう》の鍵《かぎ》を持ってないから」

鍵を持っていなくても、部屋の中や過去の世界では魔法の力が効いている。しかしたとえ部屋のすぐ外の木枠《きわく》であっても、いったん部屋を出たら、魔法の鍵を持っていないと魔法が切れて、元の大きさにもどってしまうのだ。

ジャックの姿が見えるようにドアをあけたまま、ギャラリーから見えないついたての裏にじっと立ちつくした。ジャックもドアの反対側に立っている。

木枠のすきまから、制服を着たメンテナンス担当者の男性がふたり見えた。懐中電灯《かいちゅうでんとう》で床《ゆか》を照らしながら、角を曲がってこっちへやってくる。

Ｅ４の前でとまった。

「いくつ仕掛《しか》けた？」

「五つか六つ。まだ虫はつかまってない」

片方の男性が下枠によりかかった。ちょうど、鍵とペーパーナイフが置いてある場所だ！

ルーシーはできるだけ小声でジャックにいった。

「もしペーパーナイフに気づかれたら、鍵にも気づかれちゃう。ふたつとも回収しないと！」

「よし、いいこと思いついた！」

よりかかった男性がこっちに背中を向け、もうひとりの視界をさえぎっているあいだに、ジャックは木枠のすきまから下枠へ右足をそっとのばし、鍵を踏《ふ》みつけて足をひっこめた。鍵がべたつく靴底《くつぞこ》にくっついて、もどってきた！

ルーシーはほっとして、にっこりとほほえんだ。ジャックが靴底から鍵をひきはがし、ルーシーにわたす。ルーシーは鍵をバッグの中に落とした。

あとはペーパーナイフだけだ。ルーシーはまた下枠を指さした。だが、ジャックは首をふった。ペーパーナイフは重すぎて、靴底の粘着《ねんちゃく》シートでは持ちあげられないのだ。もしかしたら、運よく、ペーパーナイフは気づかれずにすむかも――。

メンテナンス担当者のふたりは、まだしゃべっていた。野球談義に夢中だ。下枠の近くにいた男性が興奮のあまり身ぶり手ぶりをまじえ、何度か下枠にひじを置くうちに、ひじがペーパーナイフにあたった。

「ん？」

男性がふりかえり、大きな指でミニサイズのペーパーナイフをつまみあげた。

「なんだ、これ？」

と、つまんだナイフを懐中電灯《かいちゅう》で照らしだす。「ミニチュアルームの中の品みたいだな。もともと、ここにあったものじゃない」

「おい！　あれはなんだ？」

と、もうひとりがいった。下枠《したわく》を照らす懐中電灯の光線に、それまで暗闇《くらやみ》にしずんでいたジャックお手製のつまようじのはしごがうかびあがったのだ。

「内部にいたずらするやつがいるのかな」

「学芸員にわたしたほうがいいな」

最初に気づいたほうの男性がペーパーナイフを胸ポケットに入れ、はしごもまとめて尻《しり》ポケットにつっこんで、立ちさった。

「ペーパーナイフ！　とりかえさなくちゃ！」

「心配ないって。金の指輪と魔法《まほう》の鍵《かぎ》があるから。いちおう、魔法は効くからだいじょうぶだろ」

ジャックのいうとおり、〝いちおう〟だいじょうぶだ。オリバーとリビーを引きあわせることはできる。けれどペーパーナイフがなければ、リビーのためにタイムトラベルの出入り口を永遠にあけておくことはできない。金の指輪が〈部屋に命をふきこむアイテム〉の役目をはたすのは、魔法の鍵と組みあわせたときのみなのだ。

本物のアイテムであるペーパーナイフが部屋にないかぎり、リビーは十八世紀にとじこめられたままだ。あとで会いに行ったとき、いっしょに現代にもどるか、それともこのまま過去の世界に残るか、選ばざるをえなくなる。

つまり、ルーシーのように魔法の鍵と金の指輪をいっしょに持っていて、タイムトラベルの出入り口を開け閉めできる者が、リビーをどちらかの世界に封《ふう》じこめる番人となってしまうのだ。

いや！　そんなの、耐《た》えられない！

ルーシーとジャックは木枠のすきまから顔をのぞかせ、11番ギャラリーに出るドアがしまるのを見た。

「行くぞ！」と、ジャック。

ルーシーは魔法の鍵を床《ゆか》に投げ、ジャックとともにジャンプした。追跡《ついせき》開始だ！

15

逃亡者

ジャンプして元の大きさにもどったルーシーとジャックは、またミニサイズになってドアの下にもぐると、ギャラリーをのぞきこんだ。ギャラリーは、やけに観客が多かった。さっきのメンテナンス担当者たちの声が遠のいていく。

「よし、いまだ！」と、ジャック。

ドアのすきまをくぐりぬけた。ジャックがルーシーの手をつかみ、ルーシーが鍵《かぎ》を投げる。

ちょうどそのとき、六歳《さい》くらいの男の子がふりかえり、あっと大きく口をあけて立ちつくした。

ジャックが鍵をひろうあいだに、ルーシーはしーっとくちびるに指を立てた――どうか、この子が声をあげたりしませんように。

「びっくりさせてごめんよ！」

ルーシーとともにかけだしながら、ジャックが男の子に声をかけた。

11番ギャラリーの外に出たら、メンテナンス担当者たちの姿はどこにもなかった。上の階に向かったにちがいない。階段をかけあがった。

美術館の一階に出て、まず右のミシガン通りのほうを見た。

「いない……。そんなに……時間はたって……ないのに」ルーシーは息を切らしていた。

左に曲がり、美術館の奥《おく》へと向かった。

「あっ、いた！」ジャックは思わず指さしそうになった。あるていど距離《きょり》をあけ、目をつけられないように気をつけながら尾行《びこう》する。

「なあ、どうやってペーパーナイフをとりかえす？」

「それが問題よね。とにかく見失ったらおしまいよ」

担当者たちは長い廊下《ろうか》のようなギャラリーに入り、石の仏像や東洋の神々の像の前を通りすぎた。台座に座《すわ》った像はどれも、おだやかな表情をしている。

担当者たちが立ちどまったので、ルーシーたちも立ちどまった。かたほうの男が腕時計《うでどけい》を見てなにかいい、ふたりは別れた。ひとりは美術館の東へ、もうひとりは新館の大きなガラスドアのほうへ向かっていく。

「ペーパーナイフを持ってるのは、どっちだ？」

「たぶん、あの人だと思う」ルーシーはガラスドアを通りぬけた男性を指さした。「外に出るみたい」

「じゃあ、どうする？」

ルーシーは首をふった。どうしたらいいか、ぜんぜんわからない。

ふたりは、陽光のふりそそぐ新館の広いロビーをつっきった。男性は出口に進むかと思ったが、左折して手荷物あずかり所へ向かっていく。ルーシーとジャックもついていった。

男性は手荷物あずかり所の中に入り、〈関係者以外立ち入り禁止〉と書かれたドアの奥《おく》へ消えた。

ジャックは手荷物あずかり所へと近づいた。「すみません、そこのドアの向こうは、なにがあるんですか？」

あずかり所の係員はそっけなかった。「立ち入り禁止ですよ」

ジャックはルーシーの元へもどり、近くにあるベンチのほうへあごをしゃくった。そこからなら、手荷物あずかり所への出入りを見張っていられる。

「ねえ、あの人が関係者以外入れない場所にペーパーナイフとはしごを置いてきたら、どうしよう？」

「まあ、その可能性はあるよな」

「うん。外まで追いかけても、本人がペーパーナイフを持ってなかったら……」

「あっ」ジャックが小声でいい、ルーシーをつついた。「来たぞ！」

男性がランチボックスを持って手荷物あずかり所の端《はし》から出てくる。ルーシーとジャックはすばやく立って追跡《ついせき》した。

男性は階段で三階に上がった。三階には外のミレニアムパークに通じる歩道橋がある。品物をミニサイズにとどめておく魔法《まほう》がおよぶのは、シカゴ美術館の出入り口までだ。もしまだペーパーナイフを持っているとしたら、ポケットの中でふくらむのが見えるはず——。

外に出た男性が、立ちどまった。そのシャツが、ふくらんでくる！

「ん？」

男性が胸ポケットのふくらみに手をあてた直後、ペーパーナイフの上半分がポケットからとびだした。

男性が胸ポケットから元の大きさにもどったペーパーナイフをとりだした。真昼のぎらつく陽光がつやのある刃《は》に反射し、目をしばたたいている。

ルーシーはとっさに叫《さけ》んだ。

「あっ、あった！　見つけてくれたんですね。ありがとうございます！」

「い、いったい、なにが起きてるんだ？」男性はまごついて、どもっていた。

「それ、美術館でなくしちゃったんです！」と、ルーシー。

ジャックも調子をあわせた。

「そうそう、おばあちゃんからもらったんだよな。ありがとうございます！」

ルーシーは受けとろうと手をさしだした。

だが男性はあやしみ、ふたりをにらみつけた。

「ちょっと待った。どうも、きなくさいな」

「本当です！　持ってきたんです。バッグに入れといたのに、落としちゃったみたいで。お願いですから返してください」

「この子の物ですよ！」と、ジャックもきっぱりという。

男性はランチボックスを持ちかえてポケットに手をつっこみ、丸まったはしごをとりだした。

「これも、きみたちのものか？」

ジャックが答えた。「見たことないなあ。なんですか、それ？」

ルーシーは必死に頼《たの》みこんだ。「お願いですから、返してください！」

大人と子どものきみょうなやりとりに通行人が注目しはじめる。

男性はペーパーナイフをにぎりしめた。「じゃあ、きみの物だという証拠《しょうこ》は？」

「マーク！　あたし、そのナイフのマークを知ってます」

「ほう？」男性は、半信半疑でたずねた。

「冠《かんむり》をかぶったライオンと925という数字が裏に刻《きざ》まれてます」

男性はマークに目をこらしてから、ルーシーにいった。

「で、たまたまわたしに出くわしたと？」

「はい。ラッキーでした！」と、ジャック。

「どこでなくした？」

「それが、よくわからないんです。最後に見たのは、美術館の正面玄関《げんかん》のそばでした」ルーシーは鼻をすすりながら、泣き声でうったえた。

「じゃあ……なんというか、その……大きさのちがいは？　ナイフになにをしたんだ？」男性は責めるようにたずねた。

「えっ、大きさ？」と、ジャックがたずねかえし、

「なんのことですか？」と、ルーシーも首をかしげる。

「いや、だめだ。やっぱりこれは学芸員にわたす。学芸員と話をしてくれ」男性は立ちさろうとした。

すかさずジャックがペーパーナイフに飛びつき、すばやくうばってかけだした。歩道橋が下り坂になっているおかげで、ぐんぐんスピードがあがる。

ルーシーもジャックを追ってかけだした。

男性がなにか叫《さけ》んで追いかけてくる。ルーシーとジャックは歩道橋をわたり、短いスロープをおりて道に出た。左に行けば広場だ。人ごみにまぎれこめる。いや、それとも直進して、常緑の庭園にかくれる？　まよったのは一瞬《いっしゅん》で、迷路のような庭園に飛びこみ、通路を走った。

背後で男性の叫ぶ声がした。「どこだ？」

ルーシーは心臓がどきどきした。お遊びの鬼《おに》ごっこじゃない！

こっちから男性が見えないので、男性からもこっちが見えないはず――。

ふたりの読みはあたっていた。ところが庭を二分する人工の川にかかった小さな橋をわたったときに、見つかってしまった。

「あっ、いた！」男性の叫び声は思ったよりも近い。

「こっちだ！」ジャックがすばやく右に曲がった。「追っ手をかわせるルートがある」

数百メートル先に、モンロー通りに出られる階段があった。数段飛ばしで階段をかけおり、ジャックが右折した。ルーシーも追いかける。

六メートルくらい先に三階建ての巨大《きょだい》地下駐車場《ちゅうしゃじょう》の入り口があった。せまいロビーにかけこみ、駐車券販売機《ちゅうしゃけんはんばいき》の前を通りすぎた。地下三階までスピードを落とさずかけおりて、車列のあいだをぬって移動する。ＳＵＶ車と壁《かべ》のあいだにもぐりこんだ。

ルーシーは肺が破裂《はれつ》しそうになっていた。ふたりとも体を丸めて呼吸をととのえる。ようやく一息ついてから、ジャックが車の影《かげ》から外をのぞいた。

一、二分後、追っ手の男性が息を切らしながら階段からあらわれた。立ちどまってまわりを見まわし、マラソンを走りおえたかのようにひざに手をあてる。それから少しあたりをさがしていたが、あきらめたらしい。エレベーターへと引きかえしてボタンを押《お》し、エレベーターに乗って去っていった。

「ふう、うまくいったのかな。もう少し、ようすを見ようよ」ルーシーの声はかすれていた。

「オッケー」ジャックがペーパーナイフをさしだし、ルーシーはそれをバッグにしまった。

そのとき、ふたりともぎょっとした。コンクリートに響《ひび》く足音が近づいてくる！　だが、列の奥《おく》に駐車《ちゅうしゃ》していた車へ向かう女性の足音だった。

「ねえジャック、このあたりはよく知ってるの？」

「ランドルフ通りに出る出口があると思う。北に進めば、きっとあるよ」ジャックはポケットから携帯電話《けいたいでんわ》をとりだし、コンパスのアプリを起動した。「ええっと、あっちだ」

車列をつぎつぎと通過するうち、ルーシーはあらためて思った。上の階にも、同じようにずらりと車がならんでいる。さらにその上には、ミレニアムパーク──。上から壁《かべ》がせまってくるような錯覚《さっかく》をおぼえて、胸が苦しくなった。11番ギャラリーのエアダクトを何度も通ってきたから、閉ざされた場所は平気だと思ってたのに──。

五分後、ランドルフ通りへの出口をしめす標識を見つけ、ルーシーはあたりが広くなった気がした。今回は魔法《まほう》の力ではなく、ほっとしたせいだった。

エレベーターで歩道に出た。ランドルフ通りをはさんだ向かいには、ビルの白い垂直線が青い空へのびていた。追っ手をふりきって、ペーパーナイフを無事にとりもどし、この一時間で初めてふつうに呼吸ができる。

ふたりともそばにあった木陰《こかげ》のベンチに座《すわ》って、一休みした。

「さて、と。次の問題は、はしごを使わずに、どうやってオリバーさんをミニチュアルームに連れていくかだな」

ルーシーは一分ほど考えてからいった。「いいこと思いついた！　ここから一番近い文具店はどこ？」

「モンロー通りとウォバッシュ通りの角にあるけど。なんで？」

ルーシーは勢いよく立ちあがった。「オリバーさんがリビーといっしょにどうやってミニチュアルームまでのぼったか、おぼえてる？　押《お》しピンよ、押しピン。あたしたちもそうすればいい！」

シカゴ美術館の正面階段でオリバーと待ちあわせする時刻《じこく》は、午後一時。あまり時間はない。ふたりは交差点の角の文具店に飛びこんで通路を走った。「あっ、これだ」ジャックが先に押しピンを見つける。レジの前の列はそれほど長くなく、すぐに代金をはらって歩道に出られた。

ジャックは腕時計《うでどけい》で時間をたしかめた。十二時四十五分だ。

ルーシーとジャックはシカゴ美術館の正面階段に到着《とうちゃく》し、北側にあるライオン像のそばでオリバーを待った。

「ねえ、時間通りに来ると思う？」

「きっと来るさ。つくえの上があんなにきちんとしてたんだ。時間におくれる人じゃないよ」

「あっ！」

ルーシーは息をのんだ。さっきのメンテナンス担当の男性が正面階段に近づいてきたと思ったのだ。あわててジャックとともにライオン像の裏にかくれたが、人ちがいだった。それからは、注意をおこたらなかった。

「あっ、来た」

ルーシーが気づいて立ちあがった。オリバーは横断歩道をわたるところだ。階段をかけおり、出迎《でむか》える。

オリバーは気を張りつめていた。「きみたちが来ていないかもと不安だったよ。あれは夢だったんじゃないかと思ってね」

「だいじょうぶ、現実ですよ」と、ジャックがきっぱりという。

オリバーがくちびるをかむのを見て、ルーシーは意外に思った。今日は、スーツを着ていても少年のような印象をうける。

「じゃあ、行きましょうか？」と、ルーシーは声をかけた。

「うん、行こう。本当にわたしも行けるのかい？」

「はい、問題ないです」と、ジャックがいった。「行きましょう」

16

選択

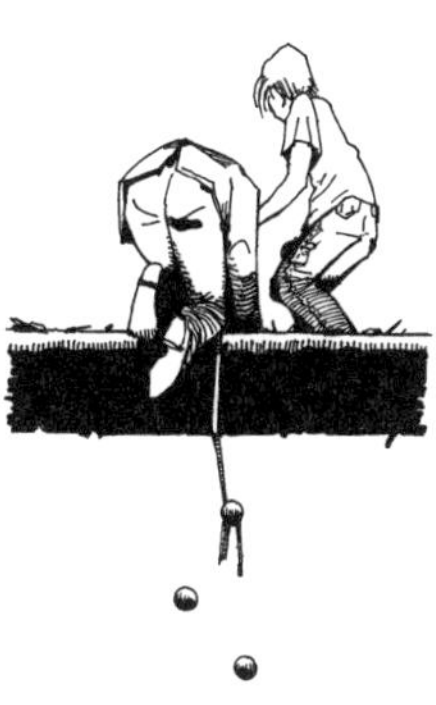

シカゴ美術館は子どもは入場無料だが、オリバーはチケットを買い、手荷物あずかり所に書類かばんをあずけなくてはならなかった。そのあと、三人そろって11番ギャラリーへまっすぐ向かった。

ルーシーは例のメンテナンス担当者に出くわさないかと警戒《けいかい》していたが、ちゃんとした大人といっしょなので、なんとなく心強かった。

11番ギャラリーに近づくにつれてオリバーは緊張《きんちょう》し、足がおそくなった。動きもぎこちない。ギャラリーに入ったとたん、深呼吸してあたりを見まわした。

「で、どうするんだい？」

ジャックが小声で答えた。「あそこの壁《かべ》のくぼみで人気《ひとけ》がなくなるまで待ってから、おれがルーシーに鍵《かぎ》をわたします。そうしたらルーシーがあなたと手をつなぐんで、その手をはなさないでください」

オリバーはうなずいた。

いよいよ、そのときが来た。ジャックがルーシーの左手に鍵《かぎ》をのせ、自分の手をかさねた。ルーシーが右手でオリバーの手をつかむ。三人のあいだに魔法《まほう》が電気のように流れた。そよ風がふいて、周囲がぐんぐんのびていく。カーペットのループ状の毛房《けぶさ》が猛《もう》スピードで大きくなっていくのを、ルーシーは初めてまともに見た。

ちぢみおわると、ジャックはオリバーを引っぱってドアのすきまをくぐりぬけてからたずねた。「だいじょうぶですか？」

オリバーは、とまどいながらうなずいた。

「はしごをかけなきゃならないんで、いったん大きくなりますね」ルーシーはそう説明し、鍵を落として元の大きさにもどった。

「お姉さんのいる部屋は、あそこです」と、ジャックがＥ４からもれてくる照明を指さす。

「本当に会えるなんて、夢のようだ。もう四十年だよ。会っても、おたがい、わからないかもしれない」オリバーは不安そうだった。

ルーシーは押《お》しピンの箱をあけ、床《ゆか》から下枠《したわく》まで二列にずらしてピンを壁《かべ》に刺《さ》すうちに、はたと気づいた。下枠は屋根のひさしみたいに飛びでているけど、どうしよう？　下枠にピンをさしてからバッグをかきまわすと、ちぎれたヘアゴムがあった。その片端《かたはし》を壁の一番上の押しピンに、もう片端を下枠のピンにそれぞれ結ぶ。これで登山用ロープみたいに、ゴムをつたって下枠をよじのぼれる。

「のぼりたくなければ、上まで持ちあげますけど」と、ルーシーはオリバーに申しでた。

「いや、気づかいは無用だよ。きみたちがのぼるなら、わたしものぼろう」

「じゃあ、のぼりましょう！」と、ジャック。

まずジャックが巨大《きょだい》な押しピンをつかみ、片足ずつのせた。ピンはおしぼりくらいの太さだが、あまり長くない。立つのは楽だが、つかむのはむずかしい。それでも、三人ともすぐにこつをおぼえた。ジャックのあとにオリバー、そのあとにルーシーがのぼっていく。ルーシーは押しピンというリビーの思いつきに感心した。

「どうってことないな」ジャックが、少しのぼってからいった。

オリバーも同じ意見だった。「うん、こうやってのぼったのを、おぼえているよ」

下枠の下まで来たジャックがヘアゴムをよじのぼりながら、ルーシーに向かって叫《さけ》んだ。

「へーえ、ゴムとはよく考えたあ」

三人ともミニサイズで軽いので、ゴムはびくともしない。

ルーシーがのぼりきるころ、ジャックはすでにオリバーを木枠《きわく》のすきまから中へ案内し、E4〈ベルトン・ハウスの部屋〉に通じるドアを指さしていた。

「これ、自分でもどします？」ルーシーは、バッグからペーパーナイフをとりだしてオリバーにたずねた。

ペーパーナイフがきらめいて、暗がりにいる三人の顔を照らした瞬間《しゅんかん》、オリバーは思わず声をあげた。

「あっ！」

「魔法《まほう》が準備運動してるんですよ」と、ジャック。

オリバーがペーパーナイフを受けとった。ルーシーはドアを少しあけてE4をのぞきこんだ。思った通り、部屋は生気がなかった。

「いま、指輪はジャックのポケットに入ってます。指輪と鍵《かぎ》を別べつにしておくと、〈部屋に命をふきこむアイテム〉にはならないんです。そのペーパーナイフで、部屋を生きかえらせてください」

オリバーはうなずいた。

「じゃあ、行きますよ」

三人とも部屋に入った。オリバーの顔に、なつかしさが広がった。ルーシーはつづれ織りのラグをつっきり、オリバーを背の高い書き物づくえへと案内して、せかした。

「ぐずぐずしていられないんです。観客がいつ来るか、わからないので」

オリバーは眠《ねむ》りながら歩いているかのようにぼうっとした顔で近づき、ペーパーナイフを銀の燭台《しょくだい》のとなりに置いた。

と、チリンチリンという魔法の音が、最初は静かに、やがて部屋全体に響《ひび》きわたり――また静まった。

「いまのは、いったい……？」と、オリバー。

「部屋が生きかえった音ですよ」ジャックが答えた。

あんのじょう、陽光を雲がさえぎり、窓から書き物づくえにさしこんでいた光がくもった。雲がそよ風に飛ばされ、また陽光に強さがもどる。

「さあ、行きましょう」ルーシーはテラスへ向かいかけて、ふと足をとめた。「あっ、音がする」

部屋の隅《すみ》、ドアのとなりにある振《ふ》り子時計が、チクタクと音を立てている！

「スッゲー！」と、ジャック。

シカゴのうだるような暑さのあとだけに、テラスの空気は気持ちよかった。ルーシーは、十八世紀にもどるといつも空気が新鮮《しんせん》だと強く感じる。工場の煙《けむり》や排気《はいき》ガスに汚《よご》されていないからだ。

そんなことを考える余裕があったのは、リビーがどこにも見あたらないからだった。

「来るといったんじゃなかったのかね？」と、オリバーがまたしても不安そうにたずねる。

「はい、今朝、そういってました」

「かならず来ますよ」ジャックは自信たっぷりにいいきった。

三人とも十八世紀の衣装ではなかったので、タイムトラベルの出入り口のできるだけ近くにいるほうが無難だ。オリバーとルーシーは小さなベンチに、ジャックは地面に、それぞれ座《すわ》った。木々から鳥のさえずりが聞こえてくる。

オリバーは腕時計《うでどけい》で時間をたしかめ、ひたいの汗《あせ》をぬぐった。ベルトン・ハウスの屋敷《やしき》からタイムトラベルの出入り口へと、せわしなく視線を動かしている。

ようやく、本人があらわれた。

「あっ、来た！」ルーシーはすばやく立ちあがった。

オリバーも立ちあがったが、肩《かた》に重荷でものせているかのように動作がのろい。

「オリバーなの？」リビーの声は、かすれていた。弟のオリバーに負けないくらい、緊張《きんちょう》している。「ああ、オリバー！」リビーが手に口をあて、目には涙《なみだ》があふれてきた。オリバーのほおにふれようと手をのばしたが、つぎの瞬間《しゅんかん》には、一歩踏《ふ》みだして抱《だ》きついていた。

オリバーも、慣れないようすでおずおずと姉のリビーを抱きしめる。

ルーシーはこみあげてくるものがあったが、かろうじて涙はまばたきでおさえた。

リビーはオリバーとベンチに腰《こし》かけた。「すっかり大人になったのねえ！」

ルーシーとジャックはだまって見守り、少し離《はな》れた木によりかかった。話しこむようすを見るうちに、ルーシーはふたりの似ているところが見えてきた。

しばらくするとジャックがルーシーを軽くつつき、小声でいった。「ケータイのカメラ、使えるかな？」ポケットから携帯《けいたい》電話をとりだし、ふたりに近づいて声をかけた。「写真、撮《と》りますか？」

「なんなの、それは？」と、リビーがたずねる。

「電話だよ」オリバーが答え、

「カメラ機能もついているんです」ジャックがつけくわえた。

リビーは驚《おどろ》きのあまり、目を見ひらいた。「まあ！　本当に時代が進んだのね」

ジャックが写真を撮《と》り、リビーに見せた。

「こっちにもどってきたら、いろいろ学ぶことがあるよ、姉さん」

というオリバーの言葉に、リビーはわずかに顔をくもらせ、「でもね、わたし」といいかけ、顔をそむけてしまった。「帰れるかどうか、わからないの」

「帰れるに決まってるじゃないか！」オリバーはルーシーとジャックのほうを向いた。「姉さんは現代に帰れるんだろう？」

「はい、それは……帰れます」

と答えたものの、ルーシーは早くもリビーの真意をくみとっていた。

「ちがうの、オリバー。現代に帰れることはわかってるわ。でもね……」

「でも、なんだい？」

「ずいぶん時間がたったのよ。わたしには、ここでの生活がある。あなたに会って、あのときなにがあったか知りたくてたまらなかったのは事実よ。けれど、子どもたちを残していけないわ。少なくとも、いまはむり。あの子たちはわたしの家族で……わたしは、人生の大半をこの時代ですごしてきたのよ」

オリバーの背中がこわばり、暗い顔になった。心の痛みが、離《はな》れたところにいるルーシーにまでつたわってくる。

「数日前、ルーシーとジャックが来てくれたときは、長年の願いがかなったって思ったわ。いつかまたあのドアがあらわれて、昔の生活がもどってくるんじゃないかって、ずっと夢みてたから」

「そうなったじゃないか！」と、オリバーが強い口調でいう。

リビーは弟オリバーのほおに、そっと手をあてた。

「ねえ、わからない？　昔の生活は、あくまで昔。いまの生活じゃない。わたしには、この世界での生活が、いまの生活なの」

「そんな！　こっちはどうなるんだよ？」オリバーは立ちあがり、足を踏《ふ》みならした。「ぼくを置き去りにしたくせに！」どなったかと思うと、へなへなとベンチに座《すわ》った。「ごめんよ。姉さんはぼくを置き去りにしたんじゃない。ようやくわかったんだ。ぼく、ぼくが姉さんを置き去りにしたんだって」

「いいのよ、ほんの子どもだったんだから。怒《おこ》ってないわ。こっちこそ、ごめんなさいね。あなたの面倒《めんどう》をきちんと見るべきだった。わたしにも責任があるのよ」

ルーシーは、がまんできずにわりこんだ。「そんなことないです！　だれのせいでもないです。

魔法《まほう》の本当の力をだれも知らなかったんだから。魔法は危険なんです！」ソーン夫人の手紙の言葉が頭にうかんだ。

「ルーシーのいうとおりですよ」と、ジャック。

ルーシーは、リビーに説明した。「〈部屋に命をふきこむアイテム〉について、前に話したのをおぼえてますか？　そのアイテムを部屋にもどしてきました」

「その品は、なんだったの？」

「ペーパーナイフです」

「部屋から走って出たときに持ちだしたんだ。短刀かと思って」と、オリバーが告白する。

「だからこれからは、タイムトラベルの出入り口はずっとあいています。気が変わったらもどってこられますよ。いつでも好きなときに」

リビーの視線と表情が、ふっとやわらかくなる。リビーは麻《あさ》のハンカチを目にあててから、ルーシーとジャックのほうを向いた。

「オリバーを見つけて引きあわせてくれて、本当にありがとう」

そしてもういちどオリバーを抱《だ》きしめてから、三人をタイムトラベルの出入り口まで見送った。

「姉さん、本当にいいのかい？」

「子どもたちが午後の授業を待っているわ。わたしが急にいなくなったら、あの子たちがかわいそうよ。なにがあったか、わからないままですもの。そんなことはくりかえせないわ。あなたならわかるでしょ」

「うん、わかるよ」

オリバーは姉のリビーをしばらく抱きしめた。

ルーシーとジャックもリビーと抱きあって別れのあいさつをしてから、三人でE４にもどり、部屋をつっきって廊下《ろうか》へと向かった。

「あっ、待って」とちゅうでジャックが書き物づくえに走って引きかえし、ペーパーナイフを引き出しの中にすべらせた。

「この部屋から、長いあいだ、消えていただろ。だれかが気づいて、この部屋のものじゃない、なんていいだしたらまずいと思って。あのメンテナンス担当者が見つけたらさわぐだろうし」

そして、屋敷《やしき》へ引きあげていくリビーを窓ごしに指さした。「ほら、まだちゃんと部屋は生きてるよ」

「うん、そうね」

ペーパーナイフを引き出しにしまう、というちょっとした気づかいを、もしジャックが思いつかなかったら、どんなことが起きていただろう？　ルーシーは背筋が寒くなった。ほかにもなにか見おとしているかも――。でも、こわくて考えられなかった。

「書類かばんをとってこないと」

オリバーはロビーでそういって、手荷物あずかり所の列にならんだ。

ルーシーとジャックは正面玄関《げんかん》のそばで待つことにした。

「なんていうか、その……意外だったわね」

「うん。誕生日プレゼントみたいなものかなあ。ほしくてたまらない物があったとしてさ。それをもらったときはうれしいけれど、一番うれしかったのは待っているあいだだった……みたいな」

「かもね。でも、ほしくてたまらないものが人間だったときは、どうなのかな？」

ジャックはしばらく考えてからいった。「ま、とりあえず、ふたりとも相手に捨てられたんじゃないってことはわかったんだし、しこりはなくなったんじゃないかな」

「うん、それは大きいわね」

ジャックは肩《かた》をすくめていった。「人生が変わってしまったってことに慣れるしかないんだろうな」

オリバーは、ほがらかな表情でもどってきた。

「きみたちに、まだちゃんとお礼をいってなかったね」

「お役に立てて、よかったです」と、ルーシー。

「姉がもどれないというのも、いまはわかるよ。わたしだっていまの生活を捨てられないんだから、姉に捨てろというのはむりな話だ。姉は海外に住んでいると思うことにするよ。過去の真実がわかったし、おたがいの気持ちもたしかめられたから、それでじゅうぶんだ」オリバーはつくえの上を整理するように、心の中も整理したようだ。

ルーシーはオリバーのいいたいことがよくわかった。どう声をかけたらいいかわからないが、オリバーがリビーの選択《せんたく》を受けいれたとわかってほっとした。

シカゴ美術館の正面階段のとちゅうで、ルーシーは「あっ、いけない！」と立ちどまり、バッグの中をのぞきこんで、ふたつの指輪を見つけた。「はい、これ、お返しします」

オリバーはブラウンロウ家の金の指輪を小指にはめて満足そうな顔をし、ムードリングを手のひらに乗せてくすくすと笑った。

「おかしなもんだ。こんなものが、子どものころは宝物に思えたなんて」

ミセス・マクビティーは、ルーシーとジャックの話をだまって聞いてからいった。

「ふたりとも、いやだろうけど、よくお聞き」

「はい、ミセス・マクビティー」

「おまえさんたちがオリバーとリビーにしてあげたことは、もちろんすばらしいと思うよ。けれど、そろそろ終わりにしなさい」

「終わりって、なにを？」と、ジャック。

「ミニチュアルームの探検。タイムトラベルだよ。おまえさんたちのことが心配で心配でたまらないんだよ。げんにルーシーが、過去の時代にあやうくとじこめられそうになったじゃないか」

「でもですね、ミセス・マクビティー……」

と、ジャックがいいかけたが、ミセス・マクビティーはきっぱりと首をふった。

ルーシーはなにもいわなかったが、ミセス・マクビティーのいうことはもっともだとわかっていた。事態は、まちがいなく、危険な方向へ向かっている。ソーン・ミニチュアルームへ魔《ま》法《ほう》を使って入るのを、秘密の大冒険《だいぼうけん》などと呼んで喜んでいる場合じゃない。なにか恐《おそ》ろしい力が確実に働いている。ソーン夫人の手紙がその証拠《しょうこ》だ。

それからの数日間は、時間がたつのがおそく感じられた。店内は静まりかえり、冷ややかな空気がただよっている。ふたりともミセス・マクビティーから、二度と魔法の鍵《かぎ》を使わないようにとかたく約束させられた。

宇宙が大きくゆれ動き、ばらばらになって、予想外のところにばかり降ってくる――。ルーシーはそんな気分だった。

魔法の鍵を〝本来あるべき鏡の箱〟にもどしてほしい、というソーン夫人の願いを、どうやってかなえればいいのだろう？　シカゴの重苦しい熱気のように、ソーン夫人の思いをかなえなければ、という義務感が、肩《かた》に重くのしかかってくる。

魔法の鍵を持っていること自体が重荷になっていた。鍵はだれにどうやって返せばいい？　鍵の魔法にかかわりのある人たちはほとんど亡くなっているのに、どうすればいいの？

ソーン夫人に会って直接きければいいのに。時間をさかのぼって、直接話を――。

「あっ、そうよ、ジャック！」

17

ソーン夫人の屋敷

ミセス・マクビティーへ
お願いですから怒《おこ》らないでください。ミセス・マクビティーのいうとおり、魔法《まほう》が危険なのはちゃんとわかってます。でも魔法の鍵《かぎ》をどうするか、考えなければならないんです。だからもう一度、ミニチュアルームへ答えを見つけにいきます。ソーン夫人をさがすつもりです。気をつけると約束します。どうか、わかってください。

ルーシー&ジャック

木曜日の早朝、ルーシーとジャックは、ミセス・マクビティーの骨董店《こっとうてん》のドアの下に手紙をすべりこませておいた。
前の晩、ようやく情報をつなぎあわせた。正しいという自信はない。全体像がわからないま

ま、ジグソーパズルをやるようなものだ。

それでも、ソーン夫人の手紙と「カリフォルニア州サンタバーバラ市モンジジョワ」という住所を手がかりに、ルーシーはカタログで読んだ、ある文章を思いだした。Ａ35〈一九三五年～四〇年のカリフォルニアの部屋〉の解説に、「ソーン夫人は、友人の多くが冬は寒いシカゴではなくサンタバーバラですごすので、サンタバーバラにくわしい」と書いてあったのだ。

ルーシーはネットで検索《けんさく》し、ソーン夫人が実際にサンタバーバラ市内に冬用の別荘《べっそう》を持っていたことを知った。その別荘はミニチュアルームにかかわった建築士が設計したこともつきとめ、住所と地図を印刷した。

Ａ35――カタログでソーン夫人の別荘について解説してあり、別荘と同じカリフォルニア州にある部屋――は、きっとあたしたちとソーン夫人を結びつけてくれる。そんな予感がした。

保守点検用の廊下《ろうか》からＡ35へとあがり、うっすらと金色をおびたあわい緑色のドアから中をのぞいた。梁《はり》の見える高い天井《てんじょう》と、しっくいの壁《かべ》でできた居間だ。濃《こ》い色の木でできた家具がならび、奥《おく》の部屋に通じるドアと、上にのびた階段がある。テラスのガラス扉《とびら》からはカリフォルニアのあたたかい日差しがさしこみ、つやのあるタイルの床《ゆか》に反射している。

この部屋は生きている！

ふたりは〈部屋に命をふきこむアイテム〉を特定し、ソーン夫人につながる手がかりをつかもうと、古びて見える品をつぎつぎと持ちあげた。やがてジャックが、テラスのガラス扉《とびら》のそばにあるテーブルの上で、ついにそのアイテムをつきとめた。睡蓮《すいれん》の花びらの上に優雅《ゆうが》な衣装をまとって立っている仏像だ。それをジャックが持ちあげたとたん、遠くでチリンチリンと音がし、部屋の光がかすかに青く冷たくなったのだ。部屋の空気がよどんで初めて、ルーシーはさっきまでかすかに花の香《かお》りがしていたことに気づいた。

ジャックが像を置いたら、すぐに部屋が生きかえった。

ルーシーはテラスのガラス扉をあけ、日なたに向かって数歩進んだ。ジャックは金文字入りのぶあつい本に目をうばわれ、持ちあげてぱらぱらとめくっている。ジャックなら何時間も飽《あ》きずにながめていられそうな植物学者の本だ。

そのとき、近くのギャラリーから声が聞こえたので、しかたなく本をもどし、後ずさりながらガラス扉のほうを向いた。ところが足がもつれ、とっさに扉の両側にかかった黄色いカーテンにつかまった。

すると、カーテンがレールごとはずれて落ちてきた！

すぐには直せない。声はどんどん近づいてくる。こうなったら、カーテンをレールごとテラスに運びだすしかない。

「えっ、なに？　どうしたの？」

ジャックがカーテンを引きずってくるのを見て、ルーシーはぎょうてんした。

「転んだんだ。ぎりぎりセーフで出られたけど、ソーン・ミニチュアルームをこわしちまった。どうしよう！」

「だいじょうぶよ、きっと」

ルーシーは動揺《どうよう》していたが、落ちついたふりをして、ジャックといっしょにカーテンとレールを植物の裏に押《お》しこんでかくした。

テラスは低いしっくいの壁《かべ》にかこまれていた。さほど遠くないところにサンタバーバラの町なみが見える！　真っ青な太平洋も見えた。丘《おか》には家が点々としている。そのひとつがソーン夫人の家でありますようにと、ルーシーは祈《いの》る思いだった。

地図をしげしげとながめ、標識から現在地をたしかめた。ソーン夫人の別荘《べっそう》まで、曲がりくねった道を一キロ半ちょっと歩くことになりそうだ。ふたりはこの時代の人間には見えないテラスを離《はな》れ、きびきびと坂をのぼりはじめた。

つづら折りの砂利道を四十分ほど歩いたら、一台の車が通りかかった。フェンダーがぶあついピックアップトラックだ。予備タイヤが横についていて、クロムめっきをほどこしたバンパーとフロントグリルが陽光を反射している。荷台には園芸用品と犬が一匹《ぴき》。犬は人なつこく吠《ほ》えてくる。運転手がスピードを落として、ルーシーたちにほほえみかけた。

「乗っていくかい？」

ルーシーとジャックはミセス・マクビティーに気をつけると約束したのを思いだし、ルーシーが答えた。

「いえ、けっこうです。ソーンさんの別荘《べっそう》までどのくらいあるか、わかりますか？」

「ああ、すぐそこだよ。坂の上だから。ついておいで。ソーンさんの別荘へ働きに行くとちゅうなんだ」

トラックについていきながら、ルーシーはジャックにいった。

「うわあ！　ご本人に本当に会えるなんて！」

「本人がいるかどうか、まだわからないぞ」と、ジャックが注意する。

丘《おか》の頂上に着いたら、二本の白い柱にささえられた錬鉄《れんてつ》製の門があり、そのそばでピックアップトラックの運転手の庭師が待っていた。

「ソーン夫人のお孫さんに会いに来たのかい？」

ルーシーは正直に答えた。

「いえ、ソーン夫人にシカゴのミニチュアルームについてお話があるんです」

「じゃあ、いっしょにおいで。手があいているかどうか、夫人にきいてみるよ」

ルーシーは希望に胸をふくらませながら、「親切な人ね」とジャックにささやいた。

車道に沿って曲がると、屋敷《やしき》があらわれた。どうどうとした高い建物で、明るい黄色に塗《ぬ》られ、窓枠《まどわく》やドアは白だ。庭師はふたりを正面玄関《げんかん》へと案内した。

「ここで待ってな。おれは裏にまわるから」と、庭師は自分のよごれた作業ブーツを指さした。

「緊張《きんちょう》する」ルーシーは心臓がどきどきし、のどもとまでせりあがってくる気がした。

「うん、おれも」

正面玄関があいた。

ルーシーとジャックは、ソーン夫人の絵と写真を見たことがあった。11番ギャラリーには若き日の夫人の油絵が飾《かざ》ってあり、カタログには八十歳《さい》前後の夫人の白黒写真がのっているのだ。けれど玄関をあけた女性は若くも老いてもいなかった。襟《えり》の白い、ベルトつきのあわい青の服を着ていて、髪《かみ》は短く、ゆったりとしたウエーブがかかっている。

その女性は礼儀《れいぎ》ただしくほほえみかけた。「はい、なにかしら?」

「あたしはルーシー・スチュワート。この子はジャック・タッカーです。あたしたち、シカゴから――」

「ものすごーく、長い旅をしてきたんです」と、ジャックが口をはさんだ。

「はい、とーっても長い旅をして、ソーン夫人にミニチュアルームの話をしに来たんです」

女性は顔から笑みを消し、ふたりに真剣《しんけん》なまなざしを向け、服装、靴《くつ》、ルーシーのバッグを食い入るように見つめた。

「わたくしがナルシッサ・ソーンです。どうぞ、お入りなさい」夫人の声は、かすかにかすれていた。

ソーン夫人の案内で、ふたりは巨大《きょだい》な窓の向こうに海が見える居間に通された。

「どうぞ、座《すわ》って」ソーン夫人はソファをすすめると、自分はそのとなりの椅子《いす》に腰《こし》かけ、「あなたたちは、わたくしに会うために、とーっても長い旅をしてきたのね」と、あえてルーシーの言葉をくりかえした。「いまが何年か、わかる？」

「一九三九年ですか？」と、ジャック。

ソーン夫人はため息をついて、首をふった。

「いいえ、一九四一年よ。もっと早くだれか来るんじゃないかと思っていたわ。けれど最悪の事態になってしまったのね。ふたりの子どもが会いに来るなんて」

ルーシーとジャックは顔を見あわせた。一九四一年――。ミニチュアルームは一年前に完成したばかりで、国内を巡業中《じゅんぎょうちゅう》だ。ソーン夫人が例の手紙を書いたのは、わずか二年前。なのにふたりがその手紙をぐうぜん見つけるまで、七十五年もかかったとは！

「だれか来ると思ってたんですね？　それはだれです？」と、ジャックがたずねた。

「そこまではわからないわ。知っている人であればいいなとは思っていたけれど。うちの工房《こうぼう》の人間で、鍵《かぎ》を手に入れられる人ならば、とね」

ルーシーは慎重《しんちょう》に言葉を選んで質問した。

「あの……あたしたちがここに来た理由はわかりますか？」

「あなたたちは鍵を持っているのよね。何年からやってきたの？」

ジャックが年号を答え、「六月の末です」とつけくわえた。

「まあ、なんてこと！　想像をこえる事態だわ。そんな未来から来たなんて！」

ソーン夫人は油絵の姿と同じように背筋をのばして座っていたが、ジャックの話を聞いたとたん、こめかみに手をあて、背もたれによりかかった。

「はい。あたしたちが鍵を見つけたのは二月の末で――」

と、ルーシーは説明しようとしたが、ソーン夫人にとめられた。

「ちょっと待って！　ここからは用心しないと」

「えっ、なぜですか？」

「あなたたちは鍵《かぎ》を持っていて、いま、わたくしの目の前にいる。ということは、タイムトラベルについて理解しているとみていいのよね。あなたたち、A35の部屋からここに来たの？」

「はい」

「タイムトラベルは初めてじゃないのね？」

「はい」

「わたくしの手紙を見つけたのね？」

「はい。ヨーロッパコーナーのミニチュアルームの壺《つぼ》の中に入ってました」

「壺？　ミニチュアの？」

「はい」

ソーン夫人は首をふった。「工房《こうぼう》に置いておいたのに、なぜ……」

「そもそもだれが鍵を持ちだしたのかも、あたしたちは知らないんです。盗《ぬす》んだのかもしれませんけど」

「そうなんですよ。数カ月前に保守点検用の廊下《ろうか》に落ちてたのを、おれがたまたま見つけたんです」と、ジャックもつけくわえる。

「でも……」ルーシーは、一九四一年の時点でミニチュアルームはまだシカゴ美術館に設置されていないことに気づいた。「保守点検用の廊下なんて、なんのことかわかりませんよね」

「ええ、そうね。わたくしの工房から鍵を持ちだしたのがだれか、たとえ知っているとしてもいわないで。ミニチュアルームの歴史を変えるようなことは、いっさいしてはならないの。あなたたちの安全のために」ソーン夫人は口を引きつらせて、ふたりを見た。「わたくしのいっている意味、わかるかしら？」

「はい、わかります」と、ルーシーはうなずいた。

すでに一度歴史を変えて、ジャックの存在を消しかけたことがあった。そのとき、ルーシーはジャックをとりもどすために決死の覚悟《かくご》でタイムトラベルし、自分たちのミスを訂正《ていせい》しようと血眼《ちまなこ》になったのだった。一九四一年の世界でまたミスを犯したら、どんなにささいなミスでも、とんでもない事態を引きおこしかねない。

「鍵を持ちだした者が魔法《まほう》について知っているかどうか、わたくしにはわからなかった。手紙では、わざとあいまいにしておいたのよ。高価な品だから持ちだしただけでありますように、と祈る思いで……」ソーン夫人はいったん言葉を切り、首をふってから、つづけた。「鍵《かぎ》がわたくしの手元を離《はな》れてから、とてつもない時間がたったのね。今日のわたくしたちの行動は、おおぜいに影響《えいきょう》をあたえかねないわ。もちろん、あなたたちにも。いいこと、わたくしの将来の行動を左右するようなことは、ぜったいにいわないで。たとえそうすることで、だれかを助けられるとしても」

居間の中に重い沈黙《ちんもく》が流れた。浜辺《はまべ》で波がくだける遠い音しかしない。

「あの……手紙に金庫のことが書いてありましたよね。鍵をそこにしまうわけにはいきませんか？」と、ルーシーはたずねた。

「それはだめよ。鍵を持ちだした張本人が返してくれるのならばかまわないけれど、いまは……あなたたちが持っていないといけないいんじゃないかしら？」

そのとおりだった。ここに残していくわけにはいかない。そんなことをしたら歴史が変わってしまう。ソーン夫人は一九四一年の時点では魔法《まほう》の鍵を持っていなかったのに、鍵をわたしてしまったら、それ以降のできごとが変わってしまうのだ。ジャックは鍵を見つけず、ソフィーはルイーザを助けられず、ケンドラの一族の歴史はまったくちがうものになる。ドーラはいまだにミニチュアルームから盗《ぬす》みを働いているし、万国博覧会でジャックが助けた男の子は路面電車にひかれて死んだだろう。ジャックとルーシーがしてきた良いことまで、ぜんぶ消えてしまう！

ルーシーは頭が混乱してきた。とりくんでいた魔法のパズルをぐちゃぐちゃに引っかきまわされたような気分だ。

「そうね、途方《とほう》にくれてしまうわよね。わたくしがあの手紙を書いたのは、鍵を持ちだした者に、すぐに返してほしいと思ったからよ。歴史がこんなに進んでしまう前に。歴史を変えてしまう前に」ソーン夫人はおだやかにいった。「これでも時間をかけてじっくりと考えたのよ。じゃあ、鍵についてわたくしが知っていることを話すわね」

シカゴ美術館の記録保管所の記録は真実の一部をつたえていた。ソーン夫人がミニチュアルームのためにやとったA・W・ペダーソンという職人がデンマークの少女のドールハウスで鍵を見つけたことは、ふたりとも保管所の記録から知っていた。けれどソーン夫人自身がその鍵を何年もさがしていたことは、本人から聞いて初めて知った。ソーン夫人は世界中を旅するうち、ほかのミニチュア収集家から鍵の存在を聞き、ぜったい見つけだして魔法の伝説の真偽《しんぎ》をたしかめようと決心した。そのうち鍵のことが頭からはなれなくなり、ミニチュア収集にいっそうのめりこんだのだという。

ルーシーもジャックもソーン夫人の話に聞きいった。ソーン夫人は一九三九年までに起きたことをいろいろと語った。しかし鍵《かぎ》を失ったあとのできごとはなにもいわないほうが安全だと思い、あえていわなかった。

ルーシーとジャックも、しゃべるときはかなり神経を使った。ルーシーがジャックの口をおさえて言葉をとめたこともあった。

「でもあたしたち、魔法《まほう》は危険でめったに使っちゃいけないんだって、だんだんわかってきたんです」

「おれたちは幸運に恵《めぐ》まれただけなんですよね」

「あの、質問してもいいですか」と、ルーシーは切りだした。魔法のパズルはまだピースがそろっていない。「あたしたち、ほかにもいくつか見つけた物があるんです。奴隷《どれい》用のタグとか、金の指輪とか、銀貨とか。全部、魔法の品だったんですけれど、こういった品々についてなにかごぞんじですか？」

「パリの店に、あるご老人がいてね。名前はいわないでおくけれど、魔法の品々の行方を可能なかぎり追いつづけていた方なの。その品々は、いろいろな方法でタイムトラベルを可能にしてくれる。たとえば鍵はわたくしのミニチュアルームで力を発揮するし、ときにはほかのアンティークを魔法の品に変えることもある。タイムトラベルの出入り口はほかにもあるらしいわ。教えてはもらえなかったけれど」

ルーシーは〈部屋に命をふきこむアイテム〉について話したくなったが、ぐっとこらえた。

「魔法の品々のリストを作ってできるだけ収集するのが、その方のライフワークだった。タグや銀貨のことは知らないけれど、わたくしはあなたたちを信じるわ。魔力《まりょく》をふきこまれた品が実際いくつあるのか、だれにもわからないんですもの。魔法の品々のなかには、ほかよりも力の強いものがあるんですって。鍵もそう。魔法そのものはかなり古い、ということはつきとめたわ。魔法は特殊《とくしゅ》な合金からうまれるの。鍵に魔力が宿ったのは、ある要素がくわわったからよ」

ソーン夫人はここで口をつぐんだ。

「なんですか、その要素って?」ジャックは、だまっていられなかった。

「それはね……呪文《じゅもん》」と、ソーン夫人は答えた。

18

呪文

「呪文《じゅもん》？」ルーシーとジャックは同時に声をあげた。

「そういえば、公爵《こうしゃく》夫人のクリスティナがそんなことをいってたな」と、ジャック。

ソーン夫人は椅子《いす》から腰《こし》をあげた。「いらっしゃい。大切なものを見せてあげるわ」

ルーシーとジャックは、ソーン夫人について居間から書斎《しょさい》へ移動した。ソーン夫人は書棚《しょだな》に近づき、書棚と書棚にはさまれた引き出しの真鍮《しんちゅう》の取っ手を強く引いた。と、片方の書棚が扉《とびら》のように大きくあき、背後から金庫があらわれた。

「スッゲー！」ジャックが興奮して叫《さけ》ぶ。

人が出入りできる大きさの、鋼色の金属でできた金庫だ。ソーン夫人は壁《かべ》にはめこまれた丸いダイヤル錠《じょう》をまわしてぶあつい扉をあけ、一番上の棚《たな》からある品をとった。

「これが鍵《かぎ》の箱よ」

約十センチの鏡張りの立方体だった。かなり古い品らしく、鏡がひびわれて、くもっている。ふたをあけると内側にも鏡が張ってあり、深紅色の受け台がしいてあった。

ルーシーは熱を感じ、バッグをあけたら、鍵が閃光《せんこう》を発した。

「これはね、鏡の箱とよばれているの。いつ、どうしてかはわからないけれど、この箱と鍵は離《はな》ればなれになってしまってね。鍵を箱にもどすのがわたくしの使命だと思って、いったんは鍵をもどしたのよ。結局、鍵は工房《こうぼう》からまた持ちだされてしまったけれど」

「なぜ、鍵を箱にもどしたかったんですか？」と、ジャック。

「魔法《まほう》をとめるためよ。鍵の伝説を初めて聞いたときは、タイムトラベルできるなんて、なんてすてきな大冒険《ぼうけん》だろうと思った。けれど、いまはわかっているわ。タイムトラベルは危険すぎるし、鍵がいつ悪人の手にわたるかわからないって。鍵は、わたくしの手元にあるときに消えてしまった……。それが、ずっと心の重荷になっているのよ」

ソーン夫人は深紅色の受け台を持ちあげ、その下の古い鏡に刻《きざ》まれた文字をあらわにした。

かなり読みにくい。

「これが呪文よ」

「呪文って、どんな役目を果たすんですか？」ジャックがまたたずねた。

「鍵《かぎ》が鏡の箱の中にあるときに呪文《じゅもん》をとなえると、魔法《まほう》をオンにもオフにもできるんですって」

「ためしてみました?」今度はルーシーがたずねた。

「パリの店のご老人にはオンにもオフにもできるといわれたけれど、工房《こうぼう》で箱の中に鍵をいれてやってみたときはうまくいかなかった。条件があわなかったのか、鍵と箱があまりにも長く離《はな》ればなれになっていて効かなくなったのかは、わからないけれど。とにかく、鍵を持ちだした者がどこまで知っているのかわからなかったので、箱はここに置くのが一番安全だと思ったのよ」

ルーシーとジャックは長いこと目をこらし、やっとのことで呪文を読んだ。

高は低となる
そして時の流れは断絶へ
過去の無は現在の無
過去は現在
現在は過去

そのときは
低は高となる

「わけのわからない詩みたい。なぞなぞかな」と、ルーシー。

「いま、ためしてみる？」と、ジャック。

「だめ！」

「ルーシーのいうとおりよ。危険すぎるわ。工房でできなかったのは、たぶんわたくしが理解していないことがあるからだと思うわ。工房の関係者がもっと早く鍵を持って来たなら、ためしたかもしれないわね。けれど、あなたたちはだめ。もしも、オフにした魔法をオンにできなくなってしまったら、どうするの？　あなたたちを一九四一年の世界にとじこめることになったら、わたくしは一生、自分をゆるせないわ」

「鍵をここに置いていくわけにはいかないのなら、鍵の魔法がオフになってもいいよう、箱ごとタイムトラベルするっていうのはどうですか？　ミニチュアルームから遠く離《はな》れないかぎり、箱は消えませんし」

「そうはいかないわ、ルーシー。タイムトラベルの出入り口を通りぬけた品は、ただの幻《まぼろし》。実体はないの。箱は見えるし、しばらくなら手に持っていられるけれど、実体がないから魔力《まりょく》もない。つまり、鍵《かぎ》の魔法《まほう》をオンにもオフにもできなくなってしまうということよ。魔法のこのルールはまちがいないわ」

と、ソーン夫人は鏡の箱を金庫にしまった。

「なるほど。そういうことだったのか」

ジャックは過去の世界から持ちこんだ物が美術館を離《はな》れたとたんに消えたことを思いだし、なっとくした。

「じゃあ、鍵はどうすればいいんですか？」ルーシーは不安だった。

ソーン夫人はため息をついて首をふると、ルーシーたちを連れて金庫を出て、書棚《しょだな》を元どおりにした。

「あなたたちは、このまま帰るしかないんじゃないかしら。鍵はできるかぎり安全な場所にしまっておいてね」

このうえなく美しい海辺に出ると、世の中はすべて丸くおさまっているように思えてくる。

ソーン夫人は、ふたりをA35の出入り口まで送っていくといいだした。

「うちの運転手に車を出させるわ」

「あっ、待ってください！　運転手さんはシカゴから連れてきた方ですか？」ルーシーは、ソーン夫人の工房《こうぼう》で働いていたイザベル・サン・ピエールという女性から、ソーン夫人の運転手の話を聞いたことがあった。

イザベルは工房で職人たちが外出したとき、好奇心《こうきしん》から魔法の鍵を手にとり、体がちぢんだことがあった。そのとき、ソーン家に運転手として長年つとめた老齢《ろうれい》の男性もその場に居合わせていた。イザベルによると、その運転手は目の前でイザベルがちぢむのを目撃《もくげき》して、驚《おどろ》きはしたが、ショックは受けていなかったという。

ソーン夫人はかなり警戒《けいかい》しながらこたえた。「いいえ。こちらで働いている運転手だけど」

ルーシーはほっと息を吐《は》きだした。「ならば、問題ないです」

車庫から出てきた車を見て、ルーシーとジャックはまたしても驚いた。あわい黄色のオープンカーで、見るからにクラシックな車なのに、新しくてぴかぴかなのだ。三人とも車に乗りこみ、つづら折の道をくだって、交差点の近くへ向かった。

ソーン夫人は一九四一年のサンタバーバラに魔法の力で来たわけではなかったので、タイムトラベルの出入り口は見えなかった。出入り口のテラスのある庭は、夫人の目には、みすぼらしい木々とツタがのびた空き地としか映らない。それでも夫人はルーシーたちといっしょに車をおりると、運転手にこの辺をぐるっとまわってくるように命じた。

「ここです、ここ」ジャックが壁《かべ》にあいた出入り口に近づいた。

「手をつないだら見えるかしら」と、ソーン夫人。

ルーシーが手をつないだ瞬間《しゅんかん》、夫人は声をあげた。「まあ！　ここなのね」

三人はテラスに入り、ミニチュアルームのガラス扉《とびら》の前まで来た。

「寄っていきますか？」と、ルーシーは夫人に声をかけた。

「いえ、やめておくわ。ここを見られただけで、じゅうぶんよ」

ルーシーはソーン夫人と手をつないだまま、ギャラリーに客がいるかどうかたしかめようと身を乗りだした。

「うん、いまなら……あれ？　なにかヘン……」

最後までいわないうちに、とつぜん、三人ともはげしくゆさぶられた。最初は地震《じしん》かと思った。けれど下からだけでなく、四方八方からゆさぶられる。一瞬《いっしゅん》真っ暗になり、地面がせりあがって、全員宙に投げだされ――次の瞬間、陽光がもどった。

気がついたら、三人とも歩道に座《すわ》っていた。ルーシーとソーン夫人の手は、はなれていた。

「ふう、なんだったんだ？」と、ジャック。

「だいじょうぶですか？」ルーシーはソーン夫人にたずねた。

ソーン夫人は立ちあがり、服のほこりをはらった。「ええ。あなたたち、すぐにもどったほうがいいわ」

そのとき、ジャックがあることに気づいた。「あの、ソーン夫人。おれたち……もどれません」

目の前は、雑草の生えた空き地だった。しっくいの壁もテラスもない！

タイムトラベルの出入り口がふたたびあらわれるのを、一時間以上待ちつづけた。

けれど、海からそよ風は吹《ふ》いてくるが、チリンチリンという魔法《まほう》の音は聞こえてこない。

「ジャック、いま、何時？」

ジャックの腕時計《うでどけい》は、現代の時刻《じこく》のままだ。

「ええっと……もうすぐ二時」

「いいえ、もうすぐ三時よ」ソーン夫人が自分の腕時計で時間をたしかめる。

「いいえ、ここの時間とおれたちの時代の時間は、一致《いっち》するとはかぎらないんです」と、ジャック。

なぜ、とつぜん、出入り口は消えてしまったのか？　だれかがミニチュアルームから〈部屋に命をふきこむアイテム〉を持ちだしたのか？　いや、それは考えにくい。体をちぢめる魔法の鍵《かぎ》はこっちにあるから、他の人はミニサイズになれない。

ルーシーは自分自身に腹がたってしかたなかった。タイムトラベルの出入り口がしまりかねない危険性は、だれよりわかっていたはずなのに。

「ひとつ、どうしてもわからないことがあるの」と、ソーン夫人が切りだした。「一瞬《いっしゅん》真っ暗になる直前に、黄色いカーテンがガラス扉《とびら》のそばに置いてあったのを見たわ。あなたたちは気づいた？」

「ああ、じつはですね、部屋を出る直前に足をすべらせて、カーテンにつかまったら、はずしちゃったんです。で、だれにも見つからないよう、ガラス扉の外に運んだんです」と、ジャックが説明した。「あのう、それがなにか？」と、ルーシー。

「もしかしたら、タイムトラベルの出入り口が消えたのはそのせいかもしれないわ。魔法《まほう》ではなくて修理よ。修理するために持ちだされたんじゃないかしら」

「そういえば、部屋が猛《もう》スピードで遠ざかっていくように見えました」ルーシーは、記憶《きおく》をたどりながらいった。

「つまり、部屋ごと壁《かべ》からはずしたってことですか？」と、ジャック。

「そう。部屋もジオラマもすべて。壁からはずせるように設計してあるの」

「えっ、あの、いつもどってくるんですか？」ルーシーは、ショックでパニックを起こしそうになっていた。

「数日かしら。徹底的《てっていてき》に直すと決めたら、数週間かかるかもしれないけれど」

「ええっ！　あーあ、全部おれのせいだ」

「ここで待っていても、らちがあかないわ」と、ソーン夫人。

「でも……あの……でも……」

なにをいいたいのか、ルーシーは自分でもわからなくなっていた。E９の部屋の外でタイムトラベルの出入り口が消え、十八世紀のイギリスにとりのこされたときと同じ気分だ。出入り口があった場所から目をはなせない。またあらわれてくれないとこまる。それしか現代にもどる方法はないのだから！

――あれ？　方法は本当にそれだけ？

「ジャック！　ベルトン・ハウスに行ったときのこと、おぼえてる？　フレディと会ったあとに？」

「うん。なんで？」

「同じ時代なら、入った部屋とは別の部屋から出られるって話したわよね」

「あっ、そうか。馬でどのくらいかかるか、計算したんだった」

「そう。ここはA35よね。A37と同じ時代よ！」ルーシーは思わず叫《さけ》んでいた。

「そうね、たしかに」と、ソーン夫人。「けれど、A37はサンタバーバラの部屋じゃないわ」

「はい。サンフランシスコですよね。部屋の場所はごぞんじですか？」

「ええ、わたくしの友だちのマンションよ。車で少なくとも六時間はかかるけど」

「ルーシー、今日は木曜だよな？　美術館がしまるのは八時だぞ」

時間的にはぎりぎりだ。現代に着くのは閉館後で、さわぎになるかもしれない。それでもかまわない、とルーシーは思った。現代にもどれるのなら、もう、なんでもいい！　ミセス・マクビティーは店でふたりを待っているし、両親は夕食までにはもどってくると思っているはずだ。

ソーン夫人は満面に笑みをうかべていた。「車に乗って！　飛行場に行きましょう。自家用機があるの」

飛行場まではすぐだった。飛行場には滑走路《かっそうろ》と巨大《きょだい》な格納庫と小さな建物があり、旅客用の小さな建物の中には、コカコーラとたばこの自動販売機《じどうはんばいき》と待合所があった。ラジオから重苦しい声が流れている。

ソーン夫人は、パイロット用のつなぎ姿で受付に座《すわ》っていた男性の元へまっすぐ向かった。

「ああ、ナルシッサさん！　今日はどういうご用件で？」

「ジム、今日はシカゴからお友だちがふたり来ているの。サンフランシスコまで飛ぼうと思って」

通りでタクシーをひろうみたいに、ソーン夫人は事もなげにいった。

「今日はフライトにはもってこいですよ。じゃあ、エンジンをかけて、二十分後には空の旅へお連れしますね」パイロットの男性は格納庫へと出ていった。

あっさり飛ばせちゃうんだ、とルーシーは思った。

「機体が滑走路に出てきたら、すぐに乗れるわ。それまで、座って待ちましょう」と、ソーン夫人がふたりに声をかけた。

そのとき、「しーっ！」とジャックがいい、三人ともラジオの声に耳をすました。

「イギリスのチャーチル首相だわ」と、ソーン夫人。

特徴的《とくちょうてき》なだみ声だ。

「今日は何月ですか？」ジャックがソーン夫人にたずねた。

「二月。ヨーロッパは戦争中よ」

これ以上不安になることはないと思っていたのに、ルーシーはチャーチル首相の声を聞くうち、背筋が寒くなってきた。

〈われわれは熟練した技術をもって、毒ガス攻撃《こうげき》と落下傘《らっかさん》攻撃にそなえなければならない。ヒトラーは、大英帝国《だいえいていこく》を打破《だは》しなければ、戦争に勝てないのだ……〉

「イギリス国民が生きのこれるとは思えない」と、ソーン夫人はルーシーとジャックを見た。「もちろん、あなたたちは戦争の結果を知っているのでしょうけれど」

チャーチル首相は詩を引用した。

〈あらゆる恐怖《きょうふ》、あらゆる希望とともに、人類はかたずをのんで運命を見まもり……〉

ルーシーは、チャーチル首相が直接自分たちに語りかけているような気がしてならなかった。

チャーチル首相は、うなるような低い声で演説をしめくくった。

〈われらに道具をあたえたまえ。そうすれば、かならずや、仕事をやりとげてみせる!〉

ここで放送はいったん中断し、パチパチという音が流れたあと、ふたたびアナウンサーの声がもどってきた。

ソーン夫人は悲しげな目で窓の外を見た。

「未来について知りたいことは山ほどあるわ。戦争のゆくえとか、世界のゆくえとか、わたくしのミニチュアルームのこととか。けれど、生きてこの目で見るしかないのよね」

まもなくプロペラが宙を切る音がし、プロペラ機が窓の外にあらわれた。機体の正面でプロペラがまわり、機体の上に翼《つばさ》が大きく横にのびている。ジャックは早く乗りたくて勢いよく立ちあがったが、ルーシーはひどく小さい飛行機に見えて不安だった。おもちゃみたい！

機体はとまったが、モーターとプロペラは回っている。ルーシーとジャックはソーン夫人について滑走路《かっそうろ》に出た。別の係員が走ってきて、三人が乗るのを手伝おうとプロペラ機のドアをあけた。

「中は外ほどうるさくないから！」

ソーン夫人はプロペラの騒音《そうおん》に負けじと声を張りあげ、ルーシーとジャックに先に乗るように合図した。

プロペラ機の中は天井《てんじょう》が低く、ルーシーもジャックもまっすぐ立てなかった。前に二席、後ろに四席あり、前の二席のうち一席はパイロット、後ろの四席は中央通路をはさんで左右に二つずつ並んでいた。最後尾《さいこうび》はせまく、窓のない貨物室だ。

三人が後部座席につくのを待って、パイロットがふりかえった。

「シートベルトをしてください。出発しますよ」

モーターがうなりをあげ、機体が離陸《りりく》の助走のために滑走路《かっそうろ》の端《はし》へと移動した。滑走路の凹《おう》凸《とつ》が直接つたわってくる。パイロットが機体の向きを変えてスピードをあげ、数秒後には機首が上を向き、離陸していた。

左の窓をのぞいたら、どこもかしこも青かった。海の青色が濃《こ》くなり、雲ひとつない空とのあいだに黒い水平線がある。右の窓をのぞいたら、山々が見えた。高度が上がるにつれて、山が小さくなっていく。

サンフランシスコまで、二時間もかからなかった。最初の三十分、ルーシーはものめずらしい景色に気をとられていたが、慣れてくるとまた不安になった。同じ時代とはいえ、Ａ35から入ってＡ37から出るなんて、本当にうまくいくのだろうか？

ルーシーは目をとじた。心の中に、家や両親、ミセス・マクビティーやジャックのお母さんの顔がうかんでくる。大切な人や大切な物が七十三年後の未来で待っている。そのすべてが、年月という迷路のせいで永遠に失われてしまうかもしれない。

目をあけた。プロペラ機はカリフォルニア州の沿岸に沿って飛び、陽光が海に反射していた。まるで鏡のように――。

ソーン夫人の金庫にあった、美しいけれどふしぎな鏡の箱のことを思いだした。

鏡に刻《きざ》まれたなぞなぞのような詩は、本当に魔法《まほう》の呪文《じゅもん》なのだろうか。

ルーシーはななめがけバッグをあけ、ペンと小さなメモ帳をとりだし、「ソーン夫人！」と声をはりあげ、前の席のソーン夫人の肩《かた》をたたいた。

「はい、なあに？」

「呪文をおぼえてますか？　ここに書いてもらえませんか？」と、ルーシーはペンとメモ帳をさしだした。

「ええ、暗記しているわよ」

ソーン夫人は呪文をさらさらと書き、ルーシーにメモ帳を返した。

ルーシーはソーン夫人の達筆な文字をながめ、何度も読んでおぼえようとした。

「あっ、サンフランシスコだ！　もうすぐだぞ」と、ジャックが腕時計《うでどけい》を見た。「うん、オッケーだ！」

19

過去からの贈り物

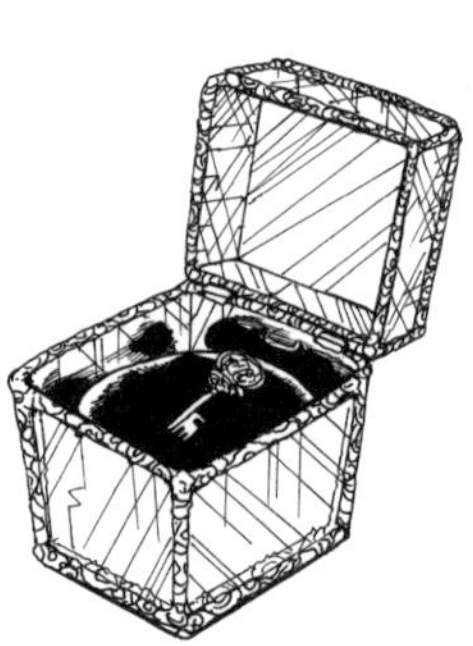

空港からタクシーで三十分走り、周囲の建物よりはるかに新しい建物の入り口でおりた。細長い窓がならぶ、シンプルでなめらかな建物だ。Ａ37はマンションの最上階の部屋だとカタログに書いてあったのを、ルーシーは思いだした。顔をあげると十階にバルコニーが見えた。沈《しず》みかけた夕日が地平線をオレンジ色と金色に染め、空には濃《こ》いサファイア色の夕闇《ゆうやみ》が広がっている。

ソーン夫人は玄関《げんかん》ロビーで制服姿の受付に、ペントハウスに住んでいる友人の名前をつげた。受付は電話でソーン夫人の来訪をつげ、三人をエレベーターへと案内した。

「ジャック、いま、何時？」

「五時四十五分」

「いや、六時四十五分だよ」と、受付がいい、

「あ、どうも」ジャックは、さりげなくごまかした。

エレベーターでは階を通過するたびにベルが鳴り、十回目のベルでドアがあいた。迎《むか》えに出ていた執事《しつじ》がソーン夫人にあいさつをし、ソーン夫人の友人はすぐにもどるとつげると、三人をリビングへと案内し、ここでお待ちを、と出ていった。

「ちょうどよかった。あなたたちを未来の世界に帰すのに、もっともらしい話を作らなくてすんだわ」ソーン夫人は、ほっとして息を吐《は》きだした。

ジャックはカーテンのうしろをのぞいたり、かくれたドアはないかと壁《かべ》をさわったりしていた。

「どうやってタイムトラベルの出入り口を見つければいいのかな？」

「出入り口は外のはずよ」と、ソーン夫人がバルコニーを指さす。

ルーシーは高いガラス扉《とびら》から外に出た。濃くなる闇《やみ》を見ると、気があせる。早くもどらないと、シカゴ美術館が閉館してしまう――。

遠くにゴールデンゲートブリッジが見えた。二本の塔《とう》が暮れゆく夕日に照らされ、赤く燃えているようだ。

ん？　ゴールデンゲートブリッジについて、カタログになにか書いてなかったっけ？　たしか〝バルコニーから見える〟とかなんとか、書いてあったような……。

つまり、ここだ！

ジャックとソーン夫人もバルコニーに出てきた。

ルーシーはビルの照明がまたたきはじめた町を見おろしながらいった。「ここよ、ここ！A37の外の光景といっしょよ！」

「A37の外は夜だったよな？　ここも、もうすぐ夜だ」

「うん、そう！」

「で、バルコニーのどこだ？」

「まったく同じ光景が見つかれば、そこに出入り口があると思うんだけど」ルーシーは左に曲がった。バルコニーは空中庭園のようにペントハウスを包みこんでいる。「あっ、あった！」

ルーシーの叫《さけ》び声に、ジャックとソーン夫人も角を曲がってやってきた。

「本当に？　石の壁《かべ》しかないけれど」と、ソーン夫人。

「ならば本物です！　ソーン夫人に見えないのなら、まちがいない！」

ルーシーとジャックにはミニチュアルームの物とそっくりの家具が見えた。ガラス扉《とびら》の周囲に低い柵《さく》がある。この向こうはきっとA37だ。扉をくぐれば現代にもどれる！

ルーシーはソーン夫人にもタイムトラベルの出入り口が見えるよう、夫人と手をつないで柵の中に入った。

「見えますか？」

「ええ、見えたわ！」

ジャックが戸口からのぞきこんで、叫んだ。

「A37だ、まちがいない！」

ルーシーはソーン夫人のほうをふりかえり、夫人が涙《なみだ》ぐんでいることに気づいた。夫人は目をしばたたいていった。

「ふたりとも、とても勇敢《ゆうかん》だわ。鍵《かぎ》をわたくしに返そうとしてくれて、本当にありがとう」

「こちらこそ、ありがとうございました。あたしたちを助けてくれて。ミニチュアルームを作ってくださったことも、ありがとうございます」ルーシーは礼をいった。

「じつはね、プロペラ機に乗っているとき、思いついたことがあるの」と、ソーン夫人は切りだした。「うまくいくかどうかわからないけれど、あなたたちに贈《おく》り物をしたいの。住所を教えてくれない？」

「もちろんです。でも、どうやって送るんですか？」と、ジャックがたずねた。

「それは、わたくしにまかせて」

ルーシーはメモ帳を一枚やぶり、ミセス・マクビティーの骨董店《こっとうてん》の住所を書いた。

ジャックがまた腕時計《うでどけい》を見て、「もう、行かないと。じゃあ、さようならです」と、ソーン夫人と握手《あくしゅ》しようと手をさしだした。

ソーン夫人は握手のかわりにジャックを抱《だ》きしめ、つづいてルーシーも抱きしめた。

ルーシーとジャックは過去と現在の境目の柵《さく》まで夫人を連れていき、夫人が一九四一年の世界にもどるのを見とどけた。

そのあとA37をつっきり、保守点検用の廊下《ろうか》へ、二十一世紀のシカゴへともどりながら、ルーシーはほろ苦い思いをかみしめていた。

たぶん自分もジャックも、鍵《かぎ》を使うのはこれが最後になるだろう——。ほっとすると同時に、さびしさも感じる。

いったん立ちどまり、ジャックの腕《うで》をつかんだ。「ジャック、よく見ておこうよ。目に焼きつけておこう」

11番ギャラリーで元の大きさにもどったあと、A35がはめこまれた壁《かべ》のほうを見た。ソーン夫人の推測どおり、A35の前には黒いカーテンが引かれ、「修理中」という札がかかっていた。

美術館の出口へと走りながら、ルーシーはおそろしい想像をしていた。

ひょっとして、もどる時期をまちがえたってことはない？　見た目は前のままだけど、ちがう日とか？　ちがう月とか？

ジャックは気にするそぶりもなく、すでに携帯電話《けいたいでんわ》をチェックし、ミセス・マクビティーからの大量のメールに返信している。

そうだ、携帯電話！　ルーシーも携帯電話をとりだし、日付を確認した。ミセス・マクビティーからのメールはすべて今日の日付だった。そう、現代の今日。もどりたかった日付だ！

ミセス・マクビティーは心配し、腹を立てていた。でも、話せばきっとわかってくれる。

「なあ、おれたち、まずいことになってるぞ」といいつつ、ジャックもほっとしてほほえんでいた。

次の水曜日、七月一日も暑かった。ルーシーもジャックも、すずしい書庫で働けるのは大歓迎《だいかんげい》だ。ふたりとも朝早くから働きはじめた。

ほどなく、だれかが店に来る音を耳にした。

「あのう、ルーシー・スチュワートさんとジャック・タッカーさんはこちらにいらっしゃいますか？」男性の声がする。

「いったい、どういうご用件でしょう？」ミセス・マクビティーがたずねた。

「じつは法律にまつわる用件でして」

ルーシーはジャックを見てささやいた。「あたしたち、なにかやっちゃった？」

ジャックは肩《かた》をすくめた。「まいったな」

ふたりそろって書庫のドアのすきまからのぞくと、年配の男性がミセス・マクビティーに名《めい》刺《し》をわたすところだった。

「どうも。わたくし、ナルシッサ・ソーン夫人の遺産を担当している弁護士でして」

ソーン夫人の名前を聞いたとたん、ふたりともたがいの足を踏《ふ》みつけかねない勢いで、書庫から飛びだした。

「あの、あたしがルーシーで、この子がジャックです！」

男性はぎょっとしていた。「えっ、ええっ、もっと年上かと思ってましたよ」と、ふたりと握手《あくしゅ》する。

男性は書類かばんをあけ、一枚の封印《ふういん》された手紙をとりだした。

「ナルシッサ・ソーン夫人は一九六六年に亡くなりましたが、だいぶ前に遺書を書いておられました。ソーン氏の遺産はけっこうな額になりまして、大部分は親戚《しんせき》と複数の公益財団にふりわけられています。ですが遺言で、この箱と手紙は、本日、この住所にとどけるようにと指定していました。当弁護士事務所としても大変異例なのですが、法的には完全に有効です。箱の中身も手紙の内容も関知しておりませんが、遺産の担当弁護士として、これが最後の遺言の執《しっ》行《こう》となります」と、ルーシーとジャックにソーン夫人の手紙をわたした。

「ルーシー・スチュワートとジャック・タッカー（年齢《ねんれい》は十一歳《さい》前後）へ

あなたたちの勇気と強い責任感をたたえ、深い感謝の意とともにこの品を贈《おく》ります。どうすればいいかは、おわかりでしょう。あなたたちがわたくしをさがしあてたように、この品もあなたたちにとどくことを祈《いの》っています。

おふたりがすばらしい未来を迎《むか》えられますように。日々の生活を一日ずつ順番に楽しんで生きてくださいね。

一九四一年二月十五日　ナルシッサ・ソーン」

「品って、なんだろう？」と、ジャック。

けれどルーシーは、すでに見当がついていた。

弁護士が書類かばんから箱をひとつとりだした。靴箱《くつばこ》より少し小さい、がんじょうな紙の箱で、しっかりテープで封印《ふういん》してあり、ソーン夫人の文字で「ルーシー・スチュワートとジャック・タッカーのみがあけること」と書いてある。

「どういうことか、おわかりだといいのですが。なにせこれはうちの法律事務所にとって、数十年来の謎《なぞ》でしたからねえ」

「あけてみたらどうだい？」ミセス・マクビティーがつくえの上のはさみをルーシーに手わたした。

ルーシーがていねいにテープを切ってふたをあけると、しわくちゃのつめものがあらわれた。そのとき、つめものの中でなにかがきらっと光った。古い鏡に光が反射したのだ。

ルーシーが鏡の箱をとりだしたとたん、

「あっ、そうか！」と、ジャックがいい、

「おや、美しいアンティークだねえ」と、ミセス・マクビティーも感嘆《かんたん》の声をあげた。

「なぜソーン夫人がきみたちふたりにそれを遺したのか、教えてもらえないかな？」という弁護士の問いかけに、ジャックが答えた。

「教えてもいいですけど、ぜったい信じないと思いますよ」

「まあ、遺言というものは、風変わりな依頼《いらい》がじつにいろいろとあるものだからね」弁護士は肩《かた》をすくめ、書類かばんをしめてドアへと向かった。「じゃあ、失礼するよ。暑いから体に気をつけて」

ドアがしまると同時に、ルーシーはミセス・マクビティーに説明した。

「鍵《かぎ》はもともとこの箱に入っていたんです」

ルーシーとジャックは魔法《まほう》の鍵を骨董店《こっとうてん》の金庫にしまうつもりだったが、とりあえずミセス・マクビティーのつくえの引き出しに入れていた。それをミセス・マクビティーがとりだしてくる。

ルーシーは鍵をうけとり、鏡の箱に近づけた。と、鍵ははげしく点滅《てんめつ》した。なにが起きるかわからなくて、いったん手をとめたそのとき、くしゃくしゃのつめもののなかにメモがあることに気づいた。ルーシーはそれを読んで、驚《おどろ》きのあまり、ぽかんと口をあけてしまった。ジャックも肩ごしにのぞきこんで、いっしょに読んだ。

ルーシーへ

パリにいる例の友だちに相談したところ、あなたたちが会いに来てくれた時点では知らなかったことを教えてくれました。鍵《かぎ》の伝説によると、呪文《じゅもん》は公爵《こうしゃく》夫人のクリスティナよりも若い女性が読まなければならないのだそうです。

つまり、あなたしかいないということですよ！

ナルシッサ・ソーンより

「うわっ、スッゲー！」ジャックはルーシーが宝くじでも当てたように背中を軽くたたくと、深紅色の受け台を持ちあげ、ミセス・マクビティーに文字を見せた。「これが呪文《じゅもん》です」

「おや、よく読めないねえ」

変わった呪文をなんとか読もうとするミセス・マクビティーに、ルーシーはきっぱりといった。

「あたし、おぼえてます」

「教えておくれ！」

ルーシーはためらったが、

「いいから、いってみろよ。呪文が効くのは鍵が鏡の箱の中にあるときだけだろ」と、ジャックにうながされた。

なるほど！ ルーシーは呪文を暗唱した。

「よし、鍵を入れてみよう」ジャックが鍵を深紅色の受け台にのせ、台ごと鏡の箱にもどした。

「じゃあ、もう一度呪文をとなえてみろよ」

ルーシーが呪文をとなえたところ、鍵はいっそうはげしく点滅《てんめつ》し、光が鏡に反射した。が、しだいに勢いがおとろえた。

「ふうむ。いったいなんの呪文だろうねえ？」

「魔法《まほう》をオンにもオフにもできる呪文のはずなんですけど」と、ジャック。

ルーシーはほっとしつつ、がっかりした。

「もっとなにか起きるはずだと思わない？　魔法がオフになったようには見えないわよ」

「工房《こうぼう》でためしたときはうまくいかなかったってソーン夫人はいってたぞ。まあ、とりあえず、鍵と箱は離《はな》れればなれじゃなくなった。それがソーン夫人の望みだったよな」

「でも夫人は、魔法をオフにしてほしいとも望んでたわ。危険すぎるからって」

ルーシーはもう一度箱を見つめ、ふたをしめようとし、ふいに魔法の熱を感じた。その熱が指先をつきぬけ、呪文がぱっと頭にうかんだ。頭の中で呪文がはねまわり、隊列を変える鼓笛《こてき》隊《たい》のようにまざりあう。

まちがいなく、なにかが起きている。体の変化やタイムトラベルとはちがう、なにかが。

ルーシーは軽いめまいをおぼえた。内と外、上と下がひっくりかえり、逆さまになるような——。

そうだ、逆さまだ！

「どうしたんだい？」ルーシーがふらつくのを見て、ミセス・マクビティーが声をかけた。

ルーシーは手をひっこめた。「あたし、わかった！」

ジャックがふりかえる。「わかったって、なにが？」

「呪文《じゅもん》よ！　いままでずっと頭から読んでたでしょ。そうするものだと思って」

「そうだけど？」

「手がかりは箱。鏡の箱よ！　なぜ鏡なんだろうってずっとふしぎだったの。呪文は二通りに読めるのよ。鏡に映すと逆さまになるでしょ。同じように、呪文も逆さまから読めるってこと！」

「つまり、そのまま読めば魔法《まほう》がオンになって、呪文を逆さまに読めばオフになるってこと？」

「ばかばかしいとは思うけど……」

「そんなことはないさ。それどころか、もっともじゃないか」と、ミセス・マクビティー。

「よーし、やってみようぜ！」

「じゃあ、いくわよ」

ルーシーは箱をあけ、何世紀も昔の呪文を末尾《まつび》から読みあげた。

低は高となる
そのときは
現在は過去
過去は現在
過去の無は現在の無
そして時の流れは断絶へ
高は低となる

すると、いままで保守点検用の廊下《ろうか》でしか感じたことのなかったそよ風が店内にふきこみ、箱の中からまばゆい光があふれでた。あまりに強烈《きょうれつ》な白い光に、ルーシーは目をつぶりそうになった。やがて、光は透明《とうめい》な虹色《にじいろ》に変わり、七色の光が四方八方にはねかえった。いつもより明るいチリンチリンという魔法の音がくすんだ古い壁《かべ》にぶつかって、大量の鈴《すず》のように同じリズムで盛大に鳴りひびく――。

やがて、光と音のショーがとまった。鍵《かぎ》はもはや点滅《てんめつ》せず、わずかな光も発しない。見た目は色あせたアンティークそのものだ。

「うわっ、マジでスッゲー！」と、ジャック。

「ソーン夫人もさぞ喜んでいるだろうさ」ミセス・マクビティーも声をあげた。

「考えすぎかもしれないけれど、将来、もしだれかが箱と鍵《かぎ》を手に入れて呪文《じゅもん》を読みあげたら、魔法《まほう》がまたオンになっちゃうわ」

「うん。ソーン夫人は、魔法を永遠にとめるべきだっていってたよな」

「それなら、いい考えがあるよ」ミセス・マクビティーが椅子《いす》から立ちあがり、骨董《こっとう》の宝飾《ほうしょく》品《ひん》がしまってある小さな箱をかきまわして、一本の銀のチェーンをとりだした。高級ではないが、質の良いチェーンだ。そして深紅の受け台から鍵をつまみ、鎖《くさり》に通した。

「はい、これはおまえさんが持っておくんだよ。首にかけてごらん」ミセス・マクビティーはネックレスのチェーンをルーシーの首にかけ、留め金をとめた。

「えっ、あたしが？」

「おっ、名案だ！」ジャックはうなずいた。「ソーン夫人も喜んでくれるさ。メモにも書いてあっただろ。あなたしかいないって」

ルーシーは鍵の重みを肌《はだ》に感じた。当然ながら、いま、鍵は冷たい。肌身はなさず持ちあるこう、とルーシーは心に決めた。ほかの人にはできない大切な仕事を最後までやりとげた証として。そして、大親友のジャックとともに体験した魔法の大冒険《だいぼうけん》の思い出として。

この鍵は、世の中のほかの人にとっては、ただのすてきなアンティーク。

まさか魔法の扉《とびら》をあけた鍵だなんて、だれひとり想像もしないんだろうな！

読者のみなさんへ――作者あとがき

わたしの話はフィクションですが、登場人物は実際に存在する場所に行ったり歴史上のできごとに出くわしたりするので、できるだけ正確に描《えが》きたいと思っています。この本の中でルーシーとジャックがタイムトラベルする時代について調べるのは、とても楽しい作業でした。

ヨーロッパで現代の始まりとされている十七世紀から十八世紀にかけての啓蒙《けいもう》時代には、昔から興味がありました。リング日時計はつつましやかな装置ですが、人々が世界を探検し、正確な計測が客観的な真理につながると信じて道具を開発したあの時代の象徴《しょうちょう》であるように、わたしには思えました。

ナルシッサ・ソーン夫人の作ったミニチュアルームの部屋のなかに、ニューヨークのメトロポリタン美術館の部屋を参考にしたものがあると知ったときは、わくわくしました。夫人がミニチュアで室内装飾《そうしょく》を再現することになったきっかけのひとつが、メトロポリタン美術館のピリオド・ルームの展示だったわけです。そして夫人は、美術館で実物大の展示をするにはスペースの制限があるけれど、十二分の一に縮小すればはるかに多くの部屋を再現できると考えました。すでにミニチュアの愛好家だった夫人にとって、これは大規模なプロジェクトを始める口実となったのです。A２のウェントワース宅の部屋は、ルーシーとジャックが第二次世界対戦に参戦する直前のニューヨークに迷いこむ絶好のチャンスをあたえてくれました。こうしてルーシーとジャックは、万国博覧会で展示された理想主義と現実世界とのちがいを目の当たりにすることができたのです。

話の冒頭《ぼうとう》で、ジャックは「ツタンカーメン財宝展」と題された展覧会の新聞広告をぐうぜん見つけます。この展覧会はアート系の展覧会としては初の大ヒットとなり、観客動員数でさまざまな記録を打ちたてました。その後も新しい展示物を追加して何度もひらかれ、世界中をまわっています。わたし自身、大学一年生のときにシカゴで見ました。ちょうど「スター・ウォーズ」シリーズの第一作が公開されたころです。ツタンカーメンも「スター・ウォーズ」も、いまだに人気がありますね！

ソーン夫人について調べるために、わたしはサンタバーバラに行き、夫人の別荘《べっそう》〈モンジョワ〉を見てきました。現在は別の方が住んでいるので中までは見られませんでしたが、外から見ただけでもソーン・ミニチュアルームと同じように壮麗《そうれい》で上品な邸宅《ていたく》でした。この邸宅を設計した建築家のエドウィン・クラークは、シカゴ郊外《こうがい》の夫人の邸宅やソーン・ミニチュアルームの部屋も数多く設計しており、ほかにもブルックフィールド動物園をはじめ、シカゴの有名な建物を建築しています。

公爵《こうしゃく》夫人クリスティナの鍵《かぎ》の魔法《まほう》にまつわる呪文《じゅもん》を考えているときに、たまたますばらしい本と出会いました。マリリン・シンガーが書いた『ミラー、ミラー』という本で、有名なおとぎ話を詩にし、同じ詩を末尾《まつび》から読むことで意味が逆になるしかけになっています。一見単純に見えますが、画期的なアイデアです。彼女《かのじょ》の作品に刺激《しげき》をうけて同じような詩を作れたことに、とても満足しています。

この話は、シカゴ美術館に実際に展示されているソーン夫人のミニチュアルームに刺激を受けて書きました。そのソーン・ミニチュアルームは、夫人がメトロポリタン美術館の展示に刺激を受けて作ったものです。ひょっとしたら今度はみなさんが、わたしの物語に刺激を受けて、創作する番かもしれませんね。

マリアン・マローン

訳者あとがき

ルーシーとジャックの最後の大冒険《だいぼうけん》を、お楽しみいただけましたでしょうか。

今回も、舞台《ぶたい》はアメリカのシカゴ美術館に展示されているソーン・ミニチュアルーム。十三世紀後半から一九三〇年代までのヨーロッパと、十七世紀から一九四〇年までのアメリカのインテリアが、実物の十二分の一の大きさで精巧《せいこう》に作られた部屋は、見る者の想像をかきたて、夢の世界へといざなってくれる魔法《まほう》の空間です。

きっと著者のマリアン・マローンさんも、「この部屋の中に入りこんで、あのドアから外に出たら、どんな夢の世界が広がっているの？　どんな人たちと出会えるのかしら？」と想像をふくらませて、この物語を書いたのでしょう。

本書の主人公ジャックとルーシーにとって、そこは文字通り〝魔法の〟空間です。なにせ魔法の鍵《かぎ》のおかげで、ミニチュアルームから外の世界へ冒険できるのですから。

しかしこれまでの冒険では、外の世界はミニチュアルームと同じ場所、同じ時代だったのに、今回、ふたりは思いもよらない事態に遭遇《そうぐう》してしまいます。

シリーズ第四弾《だん》のテーマは、一言でいうなら「異変」。ふたりは魔法の異変を感じ、理由のわからない不安にさいなまれつつ、魔法の〝願い〟をかなえようと奔走《ほんそう》します。そして最後には、ミニチュアルームと深い関わりのある人物と出会うことに――。

魔法の鍵は長い年月をへて、現代のシカゴ美術館の人目につかない裏の廊下《ろうか》へたどりつきました。その年月のなかで、魔法は本書に登場するリビーやオリバーのように、何人もの人生や運命をくるわせてしまいました。もしかしたら魔法はそのことを気に病んでいて、「好奇心《こうきしん》が旺盛《おうせい》で素直なこの子たちなら、きっと解決してくれる」とジャックとルーシーに希望をたくして、ふたりの前にあらわれたのかもしれませんね。

＊＊＊

今回の冒険で、ジャックとルーシーは一九三九年にニューヨークで開催《かいさい》された万国博覧会に立ち寄っています。万国博覧会といえば、二巻でも一九三七年のパリ万博にタイムトラベルしていますね。その二年後の一九三九年から四〇年にかけて開催《かいさい》された博覧会について、少しふれておきましょう。

ニューヨーク万博のテーマは『明日の世界』。巨大《きょだい》な幾何学的《きかがくてき》な建物や、なめらかなカーブ、白く光る壁《かべ》などが目立つモダンな会場の写真は、いま見てもモダンです。この万博で一番の見どころとなったのは、ＧＥ（ゼネラル・エレクトリック）社が出展した〈フューチュラマ〉。〈フューチュラマ〉とは未来（フューチャー）とパノラマを組み合わせた造語で、その言葉どおり「二十年後の未来」。超《ちょう》高層ビルの立ちならぶ都心と、大規模な郊《こう》外《がい》の住宅地と、そのふたつをオートメーション化された高速道路ネットワークが結ぶ〈未来の世界〉が展示されていたのです。しかも観客は『ムービング・チェア』と呼ばれる移動座席に座《すわ》り、十数分かけてパノラマを一周するという、まさにディズニーランドのアトラクションのような仕掛《しか》けつき。人気を博さないわけがありません。

この万博は『明日の世界』にくわえ『平和』もテーマにかかげていました。しかし皮肉なことに、会期中の九月一日にはドイツ軍がポーランドへ侵攻《しんこう》し、世界は第二次世界大戦へとつきすすむことになります。

＊＊＊

ジャックとルーシーの冒険《ぼうけん》は今回で幕をとじます。もう、ふたりがタイムトラベルすることはありません。それでもタイムトラベルを通じて出会った人々の思い出は、ふたりの心にずっと大切な宝物として残るにちがいありません。

読者のみなさんの心にも、ルーシーとジャックのタイムトラベルが楽しい思い出として残ってくれれば、訳者としてこんなにうれしいことはありません。

最後に、ジャックとルーシーの大冒険を最後までいっしょに見届けてくれた読者のみなさんと編集者の木村美津穂さんに、心よりお礼申しあげます。

二〇一六年二月　橋本 恵

【作者・訳者紹介】

マリアン・マローン Marianne Malone

米国生まれ。イリノイ大学卒。アーティスト、美術教師。

3人の子どもを持ち、長女が中学校へ入学した際に、長女の親友の母親と共同で女子中学校を創立した。現在は夫と愛犬とともにイリノイ州アーバナに住んでいる。

『12分の1の冒険』がデビュー作で、本書が4作目。

橋本 恵 はしもと めぐみ

東京生まれ。東京大学教養学部卒。翻訳家。

主な訳書に「ダレン・シャン」シリーズ、「デモナータ」シリーズ、

「クレプスリー伝説」(以上、小学館)、

「アルケミスト」シリーズ、「スパイガール」シリーズ(以上、理論社)、

「カーシア国」シリーズ(ほるぷ出版)など。

口絵:*Thorne Miniature Rooms,* シカゴ美術館蔵
Mrs. James Ward Thorne, American, 1882-1966,
E-4: English Drawing Room of the Late Jacobean Period, 1680-1702, c. 1937, Miniature room, mixed media,
Interior: 16 3/4 x 26 1/2 x 21 5/8 in. Gift of Mrs. James Ward Thorne1941.1189
E-9: English Drawing Room of the Georgian period, 1770-1800, c. 1937, Miniature room, mixed media,
Interior: 17 x 25 x 34 in. Gift of Mrs. James Ward Thorne1941.1194
A2: New Hampshire Parlor, c. 1710, c. 1940, Miniature room, mixed media,
Interior: 8 1/2 x 22 3/4 x 16 1/8 in. Gift of Mrs. James Ward Thorne1942.482
A37: California Hallway, c. 1940, c. 1940, Miniature room, mixed media,
Interior: 13 7/8 x 16 5/8 x 19 3/4 in. (35.2 x 42.2 x 50.2 cm) Gift of Mrs. James Ward Thorne1942.517
Photography © The Art Institute of Chicago

カバー、本文イラスト:佐竹美保

魔法の鍵の贈り物 12分の1の冒険④
作…マリアン・マローン
訳…橋本恵
2016年4月25日 第1刷発行

発行者…高橋信幸
発行所…株式会社ほるぷ出版
〒101-0061 東京都千代田区三崎町3-8-5
電話03-3556-3991/ファックス03-3556-3992
http://www.holp-pub.co.jp
印刷…株式会社シナノ
製本…株式会社ブックアート
NDC933/264P/197×140mm/ISBN978-4-593-53477-7